CW01494623

COLLECTION SÉRIE NOIRE

Créée par Marcel Duhamel

MARIN LEDUN

SALUT À TOI
Ô MON FRÈRE

GALLIMARD

Suivez l'actualité de la Série Noire sur les réseaux sociaux :
https://www.facebook.com/gallimard.serie.noire
https://twitter.com/La_Serie_Noire

À toute la smala

Parler, c'est mentir, d'un certain point de vue. Il n'y a qu'en faisant quelque chose qu'on peut établir une vérité. Tous les mots sont mensongers tant qu'on ne met pas la chose évoquée devant vos yeux, pour que vous puissiez la voir et la toucher. Ce qu'on dit au téléphone, ou ce qu'on imprime sur du papier pour que n'importe qui le lise, ça n'a pas le moindre crédit et ça n'en a jamais eu. Est-il le seul à s'en rendre compte? Et où va le monde s'il a raison de penser ça?

DONAL RYAN, *Une année dans la vie de Johnsey Cunliffe*, 2013

La plupart des gens n'ont qu'une imagination émoussée. Ce qui ne les touche pas directement, en leur enfonçant comme un coin aigu en plein cerveau, n'arrive guère à les émouvoir; mais si devant leurs yeux, à portée immédiate de leur sensibilité, se produit quelque chose, même de peu d'importance, aussitôt bouillonne en eux une passion démesurée. Alors ils compensent, dans une certaine mesure, leur indifférence coutumière par une véhémence déplacée et exagérée.

STEFAN ZWEIG, *Vingt-quatre heures de la vie d'une femme*, 1927

1

La trappe du grenier se soulève en grinçant, libérant une avalanche de hurlements et de bruits de cavalcades. La voix de Camille s'élève en trémolos dans l'espace exigu de ma chambre, rauque et engageante comme un lundi matin.

— Rose, c'est toi qui m'as encore piqué mon tee-shirt bleu, tu sais, celui avec des paillettes?

Le réveil est brutal. En dessous, ça grouille. Dans tous les sens du terme et dans toute la maison. Ça s'agite en grand nombre. En quinconce. C'est rempli d'une masse confuse et en mouvement.

C'est «plein de», tout court. *Dixit* le Larousse illustré.

Huit au total.

Un père, une mère et leurs six enfants. Deux filles, quatre garçons. Une équipe mixte de volley-ball et deux remplaçants, ma famille au grand complet. Neuf en comptant le chien. Onze si l'on ajoute les deux chats. Et douze si l'on compte la petite voix de l'oreiller qui me susurre en ce moment même, par ordre décroissant : de dire à ma sœur cadette que je l'aime d'un amour vrai et sincère, de l'étrangler, de la jeter en bas de l'escalier, puis de refermer cette maudite trappe, de tirer une commode dessus pour la bloquer et, enfin, de me rendormir. Mais on est lundi, tout le monde est sur le pont, alors forcément, huit à la douzaine, réunis dans une seule maison, quatre chambres, une salle de bains, un lavabo et un unique W.-C., ça grouille, au propre comme au figuré. À en juger par le volume sonore en provenance du reste de la maison, il est quelque chose comme six heures trente-cinq ou quarante-cinq du matin, je ne sais pas encore exactement, mes yeux peinent à s'accommoder à la lumière. Je distingue vaguement la forme d'un trois sur le cadran du réveil, entre le six et le cinq, mais pour être sûre, il faudra attendre le premier café ou la Saint-Glinglin.

J'opte pour la seconde hypothèse.

— Rose a entendu, Camille, mais elle est occupée pour le moment et jusqu'à nouvel ordre.

Et je lui tourne le dos, en signe de fermeté. Évidemment, elle insiste. Ma sœur est peu sensible à la sémantique du dos tourné.

— Mon tee-shirt !

Je m'apprête à répondre que je suis gothique, que j'écoute du Marilyn Manson et du Korn, lis *Les Fleurs du Mal* de Baudelaire et porte uniquement des fringues noires, à la rigueur cloutées, mais jamais à paillettes, quand le buste de ma mère, Adélaïde, apparaît derrière elle dans l'ouverture – oui, ma mère se prénomme Adélaïde, c'est la classe, non ? Avec sa blouse d'infirmière, ses cheveux attachés en chignon et la douceur couleur caramel de sa voix, ça lui donne l'air d'un ange.

— Coucou mes belles, je suis rentrée !

— Mon tee-shirt.

— Salut, maman. Ta nuit s'est bien passée ?

— Je suis cre-vée ! Quel tee-shirt ? On a eu une appendicite péritonite, un accouchement et une explosion de fistule. En même temps ! Vous vous rendez compte !

Pour l'angélisme et le caramel, vous repasserez. Je proteste mollement :

— Maman, s'il te plaît…

— Mon tee-shirt !

— Il faudra que tu me racontes l'explosion de fistule, déclare mon père qui se faufile et dépose un baiser sonore sur les lèvres de ma mère, avant de disparaître en criant : Bonjour, Rose, bien dormi ?

Une autre voix masculine, grave, celle de l'aîné de mes quatre frères, en bas – forcément, plus de place dans l'escalier.

— Qui ça, une explosion de fistule ?

Il tente de grimper, Camille le repousse sèchement.

— Salut sœurette !

— Bonjour, Ferdinand. Maman, est-il obligatoire que toute la famille vienne dans ma chambre pour me réveiller ?

— Mon tee-shirt !

Adélaïde bat en retraite. Je repousse la couette à regret, m'extirpe hors du lit et enfile un débardeur arborant une tête de mort coiffée d'un nœud églantine, pour marquer le coup. *Mignonne, allons voir si la Rose qui ce matin avait déclose sa robe d'ébène au soleil, a point perdu cette vesprée, les plis de sa robe basanée, et son teint au vôtre pareil…*

Camille ne lâche pas l'affaire.

— Mon tee-shirt, Rose.

Ses joues virent au rouge. Avec le bleu et les paillettes, ça risque de jurer. Je lui en fais la remarque. Elle ne goûte pas mon humour et passe du vermillon au bleu Majorelle.

— C'est beaucoup mieux, je dis.

— Va te faire foutre, Rose ! résume-t-elle avant de disparaître, verte de rage.

Toutes les couleurs de l'arc-en-ciel y passent, je suis impressionnée. Ne manquent que la musique techno et les constipés de la Manif pour tous pour organiser un défilé LGBT dans ma chambre.

Camille, de reprendre plus loin, dans les entrailles de la maison, à l'adresse du reste de la troupe :

— Quelqu'un a vu mon tee-shirt ?

— Maman, y a Antoine qui monopolise les chiottes !

Poésie enchanteresse des matins familiaux. Je mets la radio, la matinale de France Inter s'ouvre un vieux tube de Goldman, «Un matin, ça ne sert, à rien !». Pitié ! Je change aussi sec. France Info, 20 mars 2017, premier jour du printemps, youpi ! *Clic.* Nouvelle fréquence, je tombe sur le titre phare d'un certain Kendji Girac : «Ce matin j'étais là, demain je n'y serai pas, je suis le vent du destin, qui me porte au loin, jamais seul, toujours ensemble, une famille qui nous ressemble…» Des odes poétiques de la Pléiade à la subtilité des textes de la saison 3 de *The Voice*. Décidément… Je bascule sur le dernier album de Slipknot. Y a moins de risques de cancer du côlon avec le métal nu, c'est scientifiquement prouvé. Je retrouve goût à la vie.

— Miaou !

— Vous voilà, vous !

Comme chaque jour, les chats se faufilent par la trappe

pour fuir la fureur et les cris. Le plus sauvage des deux, Thalabert, bondit sur l'oreiller encore tiède et s'allonge en ronronnant, suivi de Gobbolino-chat-de-sorcière, appelé ainsi à cause des reflets charbon de son pelage et de la blancheur de sa patte avant gauche, surnommé plus tard Gobbo, en raison d'une déformation de la colonne vertébrale due à un accident de la route et d'une vague ressemblance avec le Bossu du Rialto. La bosse, plus la démarche nonchalante et son air de ne pas y toucher, tout cela donne à Gobbo un genre de crooner italien des années quatre-vingt qui ne me déplaît pas vraiment.

— On peut être une famille nombreuse, aimer les félins, les bons vins et avoir le goût de l'art vénitien, non ? a expliqué maman, un jour, à un collègue de l'hôpital qui demandait s'il s'agissait d'une référence à Renzo Gobbo, le joueur et entraîneur de foot italien.

— Je ne vois pas le rapport.

— Ça ne m'étonne pas, a-t-elle rétorqué, sur un ton chargé de sous-entendus.

Le mélange style Renaissance côtes-du-rhône Venise-la-Sérénissime chats, je peux comprendre, mais le coup de la famille nombreuse m'échappe un peu, j'avoue. D'autant qu'à ma connaissance, ma mère n'a jamais mis les pieds en Italie. Elle est comme ça, bizarre et créative. Elle établit constamment des associations d'idées originales, dans le seul but, répète-t-elle à l'envi, de «voir ce que ça donne». Pour être franche, la plupart du temps, on ne voit pas trop. Mais une infirmière qui se prénomme Adélaïde, mère de six enfants, deux chats, un chien, et qui a décidé de passer sa vie, il y a près de vingt-six ans, avec un Normand qui s'ap-

15

pelle Charles Mabille, ça n'excuse rien, je sais, mais ça explique sans doute beaucoup de choses – zut, voilà que je me mets à «associer» comme elle, il va falloir que je me surveille, c'est peut-être héréditaire.

Gobbo vient se frotter contre mes mollets. Je me penche pour lui caresser le sommet du crâne. Vexé, il détale comme s'il avait lu dans mes yeux mon intention de toucher sa bosse. Je traverse la pièce à tâtons et me ruine le genou gauche sur ma chaise. J'allume portable et lampe de bureau, presque en même temps, un record. Sept messages en attente, l'ampoule a claqué. La barbe! Le radio-réveil indique 6 h 58. Cette fois-ci, je vois très nettement les trois chiffres. Je mesure leur logique implacable. Dans une heure, je dois faire l'ouverture du salon de coiffure Popul'Hair – le jeu de mots a précédé mon embauche, croix de bois, croix de fer, si je mens, je vais en enfer.

Et puis j'ai faim.

J'abandonne les chats à leur sort enviable, me dirige vers le carré de lumière de la trappe et jette un œil prudent. Camille a disparu. Antoine, l'avant-dernier de mes frères, m'accueille au pied de l'échelle, l'air maussade.

— Tu devrais pas être déjà au boulot? je demande.

Il en convient d'un hochement de tête et marmonne que, justement, c'est bien le problème, une seule toilette pour huit, c'est pas une vie, on lui vole tout le temps son tour, on le bouscule, on le déplace, on le vire à grands coups de pompes dans le cul, et même quand il arrive malgré tout à se faire une place sur le trône, c'est pour se faire destituer dans la seconde qui suit sous prétexte qu'il y a plus urgent. Il n'est pas royaliste, Antoine, mais le coup de la révolution

16

sanitaire permanente, non merci! Alors lui, il a jamais le temps d'aller à la selle avant le travail, et son patron, eh bien, il l'emmerde avec ses temps de pause, du coup...

— C'est le cas de le dire.

— Hein?

— C'est pas légal! je corrige.

Antoine rit jaune :

— Si tu savais comme il s'en fout.

— On a le droit de pisser, même dans la boulangerie, je surenchéris.

Il lève un sourcil dubitatif au ciel.

— Mouais...

— Pas de pause?

— Pas de pause.

— Question d'hygiène?

Antoine secoue la tête d'un air désolé.

— Question de rendement.

Je compatis en silence, le temps de le rejoindre au sol.

— Il te paie combien, le mari de la boulangère?

Mon frère dessine un zéro dans l'espace avec son doigt. Je manque de m'étouffer.

— Quoi?

— Deux mois de salaire impayés.

— C'est un scandale! je m'insurge. Tu bosses là-bas depuis combien de temps?

Sa voix se grippe. Du feulement syndicaliste de chien battu luttant pour son droit à l'urinoir, on glisse à l'inaudible fataliste. Il enfile son casque de moto et murmure :

— Deux mois.

— Tu en as parlé aux parents?

Il réajuste la sangle de son casque. Je note que ses mains tremblent.

— Je veux pas les embêter avec ça. C'est juste un peu de retard.

Il lorgne par-dessus mon épaule et ajoute :

— Faut que j'y aille.

J'ai à peine le temps de m'écarter pour laisser passer un premier wagon de quatre conduit par mon père, flanqué du chien qui aboie comme s'il n'allait jamais les revoir.

— Bonne journée, ma chérie.

— Glande pas trop.

— 'lut !

Direction la gare pour les aînés, Ferdinand et Pacôme, qui repartent pour une semaine de cours à la fac, et lycée pour Camille, qui a finalement opté pour un chemisier en soie blanche à boutons or du plus mauvais goût.

— Tu ne perds rien pour attendre, persifle-t-elle en me frôlant volontairement.

La porte se referme sur un clin d'œil venimeux. Je déglutis. Le scooter et le break démarrent en simultané. Le silence s'abat sur la baraque. Je compte mentalement, comme chaque lundi matin. Quatre dont mon père, Antoine parti pour se faire exploiter une journée de plus, les deux chats sur le lit, le chien couché devant l'entrée jusqu'à leur retour, ce soir, la vie est dure, Adélaïde au lit jusqu'à midi pour récupérer de sa nuit de garde à l'hôpital, et moi.

Dix.

Il m'en manque un.

Je recompte sur mes doigts, pour être sûre. Résultat identique. Je cherche, en apnée, mon cerveau manque d'oxygène.

18

J'ai une peur panique des chiffres ronds – diagnostiquée l'année de mes dix ans, justement, et confirmée récemment pour mes vingt. L'identité du coupable met quelques secondes à se frayer un chemin jusqu'à mon esprit affamé.

Gus.

Le petit dernier. Gustave pour l'état civil. Gus pour tous les autres.

Où il est, celui-là?

Je fonce vers la cuisine. Personne. Le désordre qui règne sur les lieux évoque la grande salle de bal du *Titanic*, juste après que le paquebot s'est redressé à la perpendiculaire de la surface de l'océan, puis remis d'aplomb une fois coupé en deux. À bâbord, tout est impeccable, table vide, armoire fermée, casseroles et spatules fixées au mur. Par contre, toute la saleté s'est accumulée à tribord, côté évier et gazinière. Je consulte l'agenda des tâches ménagères sur le frigo. Je vois le nom de mon petit frère dans la colonne « nettoyer le plan de travail ».

Je prononce son nom à voix haute pour la première fois de la journée :

— Gus?

Je traverse le salon, longe le couloir et inspecte chacune des chambres, à commencer par celle qu'il partage avec Antoine. Son lit est fait. Ce qui, dans le cas de Gus, signifie qu'il n'a pas été défait. J'en déduis qu'il n'a pas dormi là. Aïe. Je comprends mieux l'attitude fuyante d'Antoine, tout à l'heure. Son réquisitoire contre les chiottes uniques n'était-il qu'une diversion? Je ne m'inquiète pas encore vraiment, mais je sens déjà dans ma gorge cette petite boule caractéristique, vous savez, celle qui se forme quand vous

19

vous apprêtez à prendre l'avion et que vous réalisez soudain que si ça se trouve, c'est précisément ce vol-là qui fera la une des journaux le lendemain, après s'être abîmé en mer sur un territoire grand comme le Sahara, parce que le pilote est suicidaire ou kamikaze, voire probablement les deux.

Je poursuis néanmoins mes investigations à l'extérieur. Je note que ça caille sec pour un début de printemps.

Rien dans le jardin. Ni sous l'auvent ni dans la cabane à outils. Le septuagénaire qui nous sert de voisin officiel côté route, spécialisé dans l'élevage de nains de jardin, reluque ma poitrine d'un drôle d'air. Je rentre après lui avoir demandé si c'est la tête de mort, le nœud rose sur le crâne, les dysfonctionnements de sa prostate ou mon 90B qui le défrisent. J'avoue, j'ai un peu exagéré mes mensurations, j'ai jamais été une adepte fervente des *Chiffres et des lettres*, mais je reconnais parfaitement le «O» faussement outré que dessine sa bouche quand je referme la porte.

— Gus? j'appelle, un soupçon trop dans les aigus.

À ce stade-là, j'ai arrêté de croire qu'il cherchait à sécher les cours.

Je vérifie à nouveau dans sa chambre, dans l'armoire et sous le lit, où je trouve, mal dissimulées entre deux lattes du sommier, les pages déchirées d'une revue pornographique – c'est peut-être parce que c'est mon petit frère et que sa disparition momentanée m'attendrit, mais je trouve ça touchant et délicieusement désuet, ce papier glacé, à l'heure où tous les adolescents de son âge se rincent l'œil sur Youporn depuis leur portable. Par contre, la fille sur la couverture a une tête qui ne me revient pas. Je rafle le magazine pour le balancer aux ordures, question de principe. J'enchaîne avec les tiroirs de la commode, même si je sais que c'est parfaitement stupide.

Je crie :

— Gus ?

Pas de réponse. La porte de la suite parentale est entre-bâillée, je passe la tête. Ma mère n'a même pas pris le temps de se déshabiller. Elle repose sur le ventre, les bras en croix, au milieu du canapé-lit, chignon détaché, cheveux étalés en rosace. J'entre et m'assois sur le couvre-lit, à côté d'elle.

— C'est toi, Rose ? souffle-t-elle, les yeux clos.

Je tâche de prendre le ton le plus neutre possible pour ne pas l'effrayer :

— Tu vas rire, maman, je ne trouve pas Gus.

Ses yeux s'ouvrent illico en grand. *Oups!* Je regrette aussitôt l'emploi du « tu vas rire » – on ne se méfie jamais assez du pouvoir antiparastasique de l'antiphrase. Ma mère bondit sur ses deux pieds. Sixième sens maternel ou réflexe d'infirmière en poste aux urgences depuis près de vingt ans, je l'ignore, mais alors que la seconde d'avant, elle ressemblait à une trotskiste ayant appelé à battre la droite un soir d'élection présidentielle, la voilà sur le qui-vive, prête à partir en salle d'opération pour un triple pontage. J'avais déjà entendu parler de ce type de métamorphoses subites par mon père, je croyais à une légende, mais en vrai, c'est impressionnant à voir. J'en reste baba. Je le lui dis, elle écarte ma remarque admirative d'un geste de la main.

— Où est ton frère ?

Je minimise :

— Il est peut-être parti en scooter avec Antoine.

21

Adélaïde ne tombe pas non plus dans le panneau de la fausse piste.

— Dis-moi ce que tu sais, déclare-t-elle sur un ton qui ne souffre aucune échappatoire.

La sonnerie du téléphone me sauve *in extremis*. Je me précipite sur le combiné. Je reconnais Gus. La boule dans ma gorge se désagrège aussitôt. Onze. Nombre premier. Adjectif numéral cardinal correct. L'un des animateurs de l'émission préférée de ma grand-mère, *Des chiffres et des lettres*, me souffle dans sa barbichette que le compte est bon.

Je souris à ma mère.

— C'est lui. Puis à Gus : Tu es où ?

Crachotements dans l'appareil, j'entends des personnes aboyer derrière lui.

— Rose, c'est pas moi, je te jure ! s'écrie Gus, des sanglots dans la voix. Je n'y suis pour rien !

— Comment ça, tu n'y es pour rien ? De quoi est-ce que tu parles ?

Les sept messages en attente sur mon portable me reviennent à l'esprit. L'air de rien, je sens la boule se reformer et venir me chatouiller les amygdales. Ma mère n'a pas non plus apprécié l'expression : « Comment ça, tu n'y es pour rien ? » Adélaïde est aussi télépathe. Elle tient ça de sa propre mère, prétend-elle. Qui elle-même… Elle devine d'expérience le « c'est pas moi, je te jure » que je suis pourtant la seule à avoir entendu. Elle m'ordonne de lui passer le téléphone séance tenante.

Je proteste :

— Je ne suis pas une balance.

Elle me fixe en tendant la main. Je ne lis dans ses yeux aucun doute quant à l'issue de notre confrontation.

— Fais-moi rire, dit-elle sans rire.

Merde, même l'antiphrase, elle la manie mieux que moi.

— Et d'abord, depuis quand tu t'intéresses au porno, ajoute-t-elle en louchant du côté du magazine que j'ai oublié de jeter.

L'art du détail qui tue. Trop forte. Échec et mat. Je m'apprête à abandonner mon roi, pantelante et jambes en coton, quand la sonnette d'entrée retentit. Ma mère se précipite pour ouvrir la porte. Je soupire de soulagement. Saint Kasparov, priez pour nous.

Je déglutis et chuchote à l'adresse de Gus :

— Qu'est-ce qu'il se passe ?

— C'est pas moi…

Je n'écoute pas la suite. Je ne vois plus que le type qui se tient sur le palier, tirant une carte de la poche de sa veste et la présentant à ma mère. Le teint hâlé, la trentaine, le sourcil droit arqué en forme d'accent circonflexe et des yeux vert pêche – je jure que ça existe, comme couleur, le beau gosse devant moi vient de l'inventer, vert comme une pêche pas assez mûre, juste ce qu'il faut de craquant et de fermeté pour ne pas s'en mettre plein les doigts.

J'oublie sur-le-champ Gus à l'autre bout du fil, les «c'est pas moi», la boule dans la gorge, Venise, le salon de coiffure et les figures de style.

Je cligne des yeux, le type m'a aperçue et sourit dans ma direction. Je tombe amoureuse. Je ne suis plus que guimauve. Des cascades de confettis à l'effigie d'Alice Cooper se déversent du ciel. Les altos de Freddie Mercury psalmodiant *Bohemian Rhapsody* en fond sonore. Ma mère me refile la carte de monsieur Vert-Pêche. Je la saisis sans cesser de le dévorer du regard. Ses lèvres remuent, mais Freddie chante trop fort et je n'entends pas tout de suite ce qu'il dit.

C'est alors que sept détails atteignent simultanément mes rétines, se transforment en signaux électriques dopés aux stéroïdes anabolisants, piquent un sprint usain-boltien dans les couloirs de mes nerfs optiques jusqu'à mon cortex visuel.

Par ordre chronologique.

Un : je tiens toujours le magazine porno de Gus dans la main qui tient le téléphone.

Deux : le sourire amusé de Vert-Pêche ne s'adresse pas du tout à moi, mais audit magazine porno et, plus précisément, à la fille aux gros seins qui ne me revient pas et dont le string doré tient lieu de couverture pour l'hiver.

Trois : le sourire amusé de Vert-Pêche n'est pas du tout amusé, mais exprime plus certainement une profonde perplexité teintée de surprise – aucune concupiscence, ça j'en mettrais ma main à couper, de préférence celle qui tient ledit magazine porno susmentionné.

Quatre : un flic en uniforme armé sort d'une voiture de la police nationale et vient rejoindre ses jumeaux qui trépignent au second plan, derrière Vert-Pêche, et qui eux aussi ont aperçu String-Doré. Quatre paires de rétines opèrent désormais des allers-retours stroboscopiques entre son 95 bonnet E – sale garce ! – et le crâne à nœud rose de mon débardeur.

Cinq : la mention *Lieutenant Richard Personne*, sanglée d'une écharpe tricolore et du mot POLICE, écrit en lettres majuscules et en rouge sang, inscrite sur la carte de Vert-Pêche que je tiens dans ma main gauche.

Six : Vert-Pêche s'appelle Personne.

Sept : Personne est flic.

Anéantie, j'en lâche le magazine porno. Tous les protagonistes masculins de cette tragédie suivent sa courbe descendante jusque sur le paillasson, avant que le chien se jette dessus, langue pendante et queue haute, et disparaisse dans les profondeurs abyssales de sa niche pour se vautrer dans le stupre. Les hommes, tous les mêmes !

Reprenant ses esprits, monsieur Personne en profite pour glisser dans les mains de ma mère une ordonnance du juge et enfoncer le clou.

Il s'éclaircit la voix et demande :

— Lieutenant Personne, Direction centrale de la police judiciaire, brigade des stupéfiants, je suis bien au domicile de Gustave Mabille-Pons ?

— Je ne vois pas de qui vous voulez parler, répond ma mère du tac au tac.

La parade ne manque pas de panache, mais elle est désespérée. Personne n'est (pas) dupe. Il hausse d'ailleurs l'accent circonflexe qui lui sert de sourcil droit et pointe du doigt le téléphone que je tiens encore dans la main. Je réalise que mon frère est là, au bout du fil, et qu'il a tout entendu. Le lien de causalité entre son pathétique «c'est pas moi, je te jure» et les mots «police» et «stupéfiants» s'établit de lui-même.

Je porte le combiné à mon oreille, sous le regard horrifié d'Adélaïde, pour hurler à Gus de courir se planquer.

Évidemment, il a déjà raccroché.

2

Le mandat des flics est sans appel. Fouille intégrale de la maison. Ma mère ne se laisse pas démonter et le fait savoir haut et fort.

— Le juge a signé, balbutie Personne.

— Qu'il vienne me le dire en face, s'il en a le courage!

— Mais madame…

— C'est un peu court, jeune homme!

— C'est la loi, madame.

— Voilà bien un argument de flic, crache-t-elle, méprisante.

La suite lui donne malheureusement tort.

Et donc raison à Personne, qui a pour lui l'article 12 de la *Déclaration des droits de l'homme et du citoyen* du mercredi 26 août 1789. Près de deux cent vingt-huit ans d'histoire de la force publique : même Adélaïde ne peut pas lutter!

En désespoir de cause, drapée dans sa superbe, elle se retranche dans sa chambre en attendant mon père qui doit être en train de négocier un abandon de poste avec son notaire de patron. Charles Mabille est premier clerc, étymologiquement et par contrat, il est donc *aux ordres*. La joue du lieutenant de police porte la marque des griffures qu'ont laissées ses ongles et sa farouche dignité quand elle a tenté de s'interposer pour l'empêcher d'entrer avant que ses collègues interviennent, une fois remis de la perte de String-Doré.

Après le forfait par traîtrise du chien, ma tête de mort et moi affrontons seules les hordes barbares qui déferlent par la porte d'entrée jusque dans notre intimité. C'est la curée.

— Où est la chambre de votre frère ? s'enquiert Personne, en tête de meute.

— Je ne suis pas une balance, répété-je, stoïque, pour la deuxième fois en moins de dix minutes.

Afin d'illustrer ma réponse, je croise les bras en signe de protestation. Les policiers s'égaillent dans toutes les directions, comme des bobos au rayon fruits et légumes d'un supermarché bio.

Sauf que la poire du jour, c'est mon frère.

Qui, lui, est d'origine colombienne – j'y reviendrai.

Personne sort un calepin noir, nanti d'un stylo-bille noir, de la poche de sa veste et frappe à la chambre parentale. Adélaïde surgit, toutes griffes dehors. Elle s'est changée. Vingt et une secondes et trente-trois centièmes. J'en siffle d'admiration. *Exit* le look seringues, blouse blanche, coiffure hystérique et valises sous les yeux. Elle arbore à présent le brushing impeccable de Meredith Grey, l'héroïne nunucho-destroy de la série télévisée du même nom – moi, je serais plus Cristina Yang et son côté «Vous pouvez tous crever, bande de sales chacals puants, je suis la meilleure et je vous emmerde!», mais ma mère est blonde et, il faut être honnête, ça ne rendrait pas pareil. Chacun ses armes. L'important dans tout ça, c'est qu'elle est sexy en diable. Elle porte aussi les boucles d'oreilles que mon père lui a offertes pour leurs vingt-trois ans de vie commune, des talons aiguilles et une robe à fleurs et à franges aux couleurs criardes qui illumine le couloir et souligne sa silhouette avantageuse – quarante-six balais au compteur, six enfants, mais toujours digne.

Temporairement ébloui, le policier se triture les méninges.

Une lueur s'est allumée dans son œil. Je crois qu'il a perçu l'allusion à *Grey's Anatomy*.

Ou qu'il a eu une idée.

Dans les deux cas, c'est beau à voir.

Adélaïde ne perd pas le nord. Elle profite de cette diversion pour se faufiler derrière lui et retirer des mains d'un de ses collègues l'agenda familial qui repose sur la commode de l'entrée. Personne se ressaisit et intervient dare-dare. Il attrape l'agenda que ma mère ne lâche pas pour autant. Elle le tance crânement du haut de son mètre soixante-douze, dont dix centimètres de talons. Le policier raffermit sa prise.

— Comment osez-vous ? s'exclame-t-elle, outrée.

— S'il vous plaît.

— Personne n'a jamais touché à cet agenda, à part moi.

— Il y a un début à tout, madame.

Personne a le sens de la repartie, il faut le lui reconnaître.

— Gardez votre calme, je vous en prie.

— Vous ne manquez pas de toupet !

Et elle fait demi-tour, après m'avoir soufflé un «Appelle-moi dès que Charles sera là» empreint de mystère.

Qui est l'équivalent chez elle de la formule consacrée : «Je ne parlerai qu'en présence de mon avocat.» Mon père a beau être aux ordres, il n'en a pas moins huit ans de droit à son actif.

Personne s'aperçoit trop tard qu'elle est partie avec l'agenda. Il s'élance à sa poursuite et la rejoint à l'autre bout de la maison. Adélaïde surgit derrière une porte, précédée d'un léger flottement dans l'air – je crois que le policier et moi nous attendions à ce qu'elle ait à nouveau changé de tenue.

Sa déception passée, Personne revient à la charge :

— Donnez-moi cet agenda, s'il vous plaît.

— J'ai déjà affronté en 2001 vos collègues de l'Assistance sociale. Vous ne m'impressionnez nullement, jeune homme.

Personne ne voit pas le rapport. Il le dit :

— Je ne vois pas le rapport.

— Ça se saurait.

Et de lui reclaquer la porte au nez. Pas susceptible pour un sou, le gars. Au lieu de rerefrapper, il prend frénétiquement des notes sur son calepin. Inquiète, je me tords le cou pour lire par-dessus son épaule : *contacter l'Asistance sociale.* Je lui fais remarquer qu'assistance prend deux «s». Il me dévisage d'un air circonspect. Courte victoire sur l'ennemi.

— Vous êtes sûre?

— Je sors de khâgne, vous voyez.

— Ah.

Il ne voit pas du tout. Il ne le dit pas.

— Je suis cagneuse, précisé-je.

Il louche en direction de mes genoux. Je bois du petit-lait. Il n'insiste pas mais corrige consciencieusement sa faute d'orthographe, traçant d'une main malhabile le mot : «Asistansse». Touchant.

Je ne pactise pas pour autant :

— Stupéfiant.

Il suppose que ça a un rapport avec sa venue et enchaîne :

— Votre mère est toujours comme ça ?

— Non, là, elle est fatiguée. Laissez-lui cinq heures de sommeil et vous verrez.

Il réprime un sourire. Procédurier mais non dénué de sens de l'humour.

Je ne lui rends pas son presque sourire.

Faut pas déconner, quand même.

Autour de nous, ses hommes s'activent. L'un d'eux, je le hais aussitôt, annonce avec fierté avoir découvert la piaule que Gus partage avec Antoine. La troupe se regroupe en formation de « tortue » et investit ladite pièce. Je jette subrepticement un œil du côté de la niche pour m'assurer que la preuve numéro un accablant mon supposé délinquant de petit frère est entre de bonnes pattes. Kill-Bill, puisque c'est le nom que Gus a attribué à notre bouvier bernois de quarante-cinq kilos, après avoir longuement ferraillé avec mon père à propos des mérites croisés de l'œuvre de Tarantino et du *Boule et Bill* de son enfance, mâchonne une boulette de papier baveuse. String-Doré n'est plus, paix à son âme. Brave bête, va ! Je note dans mon petit calepin mental de doubler sa ration de croquettes pour service rendu à la collectivité. Je me penche pour lui gratter le flanc en guise de remerciements. Kill-Bill émet un grognement dissuasif sans lâcher sa boulette, histoire de me signifier que c'était par pure solidarité masculine. Je retire la double portion, non mais !

Je reporte mon attention sur Personne. Il a rangé son calepin et zieute du côté des photos de famille disposées en

30

vrac sur le mur du couloir, en se dandinant. Son sourcil droit refait ce truc adorable et hyper déstabilisant quand il tombe sur un cliché pris lors de nos dernières vacances, dans le Gers, où je brandis fièrement un tee-shirt « *Yes, I'm a fuckin' Princess* » déniché sur l'étal d'un fripier, sous le regard hilare de mon petit frère.

— Je peux la prendre ? demande-t-il prudemment.

Je lui donne la seule réponse qui vaille :

— Expliquez-moi plutôt de quoi Gus est accusé, au lieu de dire des conneries.

3

Mon père débarque peu après en tenue de clerc, un exemplaire du code de procédure civile édition 2017 sous le bras, certifié «À jour de la réforme du droit de la famille». Ça claque moins que le code pénal, mais tout de même, rien que de savoir qu'il l'a lu en entier, ça en impose.

Main franche tendue à Personne :

— Charles Mabille.

— Lieutenant de police Richard Personne.

— Si vous le dites.

Puis à mon adresse :

— Où est-elle?

Je désigne la chambre. Nous nous y engouffrons. Mon père me tend le Dalloz et convoque sur-le-champ un conseil de guerre extraordinaire. Ma mère se jette à son cou sitôt la porte refermée.

— Ne t'inquiète pas, dit Charles. Il s'agit sûrement d'un malentendu.

Je grimace, tout en énonçant à voix basse les lourdes charges retenues contre Gus, en leur épargnant les termes techniques. En vrac : braquage d'un bureau de tabac en bande organisée, tentative d'homicide sur la personne du propriétaire dudit commerce, délit de fuite et probables liens avec un vaste trafic de stupéfiants, rien que ça!

Mon père manque de s'étouffer. Lui qui n'était que compassion légitime et inquiétude raisonnée une fraction de seconde plus tôt, atteint à présent le stade ultime de l'incrédulité sidérale.

— On parle bien de Gus, là?

Je souscris :

— C'est mot pour mot ce que j'ai dit au lieutenant de police. Gus est le gamin le plus pacifique que la terre ait jamais porté depuis que les Beatles, les Rolling Stones et Daniel Filipacchi ont inventé l'adolescence.

— Qu'a-t-il répondu à ça?

— Que les preuves étaient accablantes.

— Il bluffe!

— C'est aussi ce que j'ai dit, mais il m'a expliqué qu'il était désolé, le secret de l'instruction, blablabla, que lui-même n'était pas au courant de l'intégralité du dossier et que, de toute façon, je n'étais pas la responsable légale de Gus. Par conséquent, il ne me dirait plus rien.

— Nom de Dieu…

J'ajoute :

— Sa conclusion : laisser la procédure suivre son cours et la police faire son travail.

— Voilà bien un argument de flic, intervient ma mère.

— Tu te répètes, maman, dis-je.

— Mais elle a raison, ajoute mon père, toujours prompt à prendre sa défense.

— Peut-être, mais ça ne fait pas avancer le débat, je rétorque en me laissant choir sur le lit.

— Qu'est-ce qu'on va devenir ? se lamente Adélaïde, en larmes.

Un silence présumé coupable s'abat sur la chambre, entre-coupé des reniflements d'Adélaïde et du va-et-vient des policiers dans le reste de la maison. Minute de calme avant l'ouragan qui s'annonce. Je vois ma mère reprendre progressivement des forces dans les bras de mon père. Et vice versa. C'est quelque chose que j'admire profondément chez eux, cette façon de faire front devant l'adversité, quoi qu'il advienne, comme deux sémaphores en pleine tempête. À mon tour de verser une larme. Merde, voilà que je tombe dans la sensiblerie, maintenant ! Par un heureux effet de vases communicants, une citation de Raymond Devos me vient subitement à l'esprit : « Le flux et le reflux me font marée. » J'esquisse un sourire. Charles m'adresse un clin d'œil, sort un carré de tissu de la taille d'une nappe de la poche arrière de son pantalon, le déplie et se mouche bruyamment. Adélaïde redresse la tête, ravale son inquiétude et tape dans ses mains.

— Trêve de bavardages !

En larmes, mais combative. Mon père applaudit des deux mains.

— Je connais un très bon avocat.

— Je me suis occupée d'un juge d'application des peines, une fois, se souvient Adélaïde avec nostalgie. Un anus artificiel. Pas beau à voir. Son fils était colonel dans l'armée de l'air et sa fille mariée à un huissier. Si vous aviez vu leur tête quand j'ai commencé à leur expliquer comment vider sa poche urinaire!

Je n'écoute que d'une oreille. Je connais les anecdotes médicales d'Adélaïde par cœur. Enfant, je la soupçonnais d'ailleurs de les inventer pour faire diversion et, sans en avoir l'air, nous forcer à terminer notre assiette de carottes à la crème ou notre salade d'endives.

En vieillissant, je l'en soupçonne toujours, soit dit en passant, mais, paradoxalement, je la crois davantage.

Peut-être parce que j'aime les endives, désormais.

Et que les carottes à la crème n'existent plus. Comme le tigre à dents de sabre, l'huîtrier des Canaries, le thylacine, le rhinocéros noir d'Afrique de l'Ouest et le dodo. C'est prouvé scientifiquement.

Enfin, il paraît.

— Il est mignon, ce petit flic, je fais, la main sur la poignée de la porte. Le lieutenant Personne.

Ma mère me dévisage d'un air effaré, comme si je venais de lui annoncer que Dieu m'était apparu, qu'il portait une toge orange et qu'il m'avait ordonné de placer toutes les économies de la famille en Bourse. Mon père, lui, c'est pas le mot «flic» qui le choque, mais l'idée que sa fille puisse, ne serait-ce qu'imaginer, faire avec un homme ou une femme ce que lui fait et refait avec sa chère et tendre.

— C'est qui, ce Personne?

J'élude, un brin espiègle :

— Avouez que c'est pas commun comme nom. Ça fait mystérieux, je trouve.

— Ça fait surtout flic! s'insurge ma mère, dont le disque est rayé.

Mon ventre gargouille, me rappelant que je n'ai pas petit-déjeuné. Ce qui me fait penser à Antoine et à son air contrit, tout à l'heure. Je consulte mon portable. Il n'est pas encore huit heures. Je me dis qu'un pain au chocolat me ferait le plus grand bien.

— Je dois aller me doucher et ouvrir le salon de coiffure, dis-je en déposant un baiser sur le front d'Adélaïde. Tenez-moi au courant pour Gus.

Un rayon de soleil bienvenu me cueille par surprise, dans la cour. Vingt et un ans que je vis ici, ma mère m'y a mise au monde, mais la vue me sèche, à chaque fois que je prends la peine de m'arrêter. *Douce Plage*, c'est le nom qui a été donné il y a longtemps à la maison, du temps où les anciens propriétaires servaient à boire et à manger aux familles de touristes venant à la baignade sur le plan d'eau, juste en dessous, à l'ombre du pont romain, à la belle saison. Un seul voisin, la rivière au pied des marches et une forêt d'acacias et de chênes verts accrochés au flanc d'une vallée encaissée tout autour.

Un havre de paix.

Idéal pour faire pousser des gosses et de belles idées bucoliques.

Et des soupçons à la con dans l'esprit des jeunes lieutenants de police aux yeux vert pêche.

— Jolie baraque, fait Personne.

Je sursaute.

— Vous êtes de la police judiciaire ou des impôts, faudrait savoir ?

— On m'a dit que c'était un restaurant, avant.

— Faut pas croire tout ce qu'on raconte.

— Je suis venu me baigner une fois, plus haut, vers le barrage. Le coin est plutôt tranquille.

Il balaie les environs du regard.

— On pourrait se perdre facilement.

Il a de beaux yeux, c'est vrai, mais faut pas pousser mémé dans les orties. Ses sous-entendus m'agacent. Je lui récite, de mémoire, ces vers d'Yves Bonnefoy :

— Quel appel, comme d'un ciel inconnu, dans ces grappes de tropes inachevables ! Quelle énergie, semblait-il, dans ces bouillonnements imprévus de la profondeur du langage !

— C'est de vous ?

Je rêve. Le petit flic, les yeux dans le vague, narines frémissantes et cheveux au vent, croit que je file la métaphore pour lui faire du gringue – je lui fais du gringue ?

Je le remets dans le droit chemin :

— Mon frère n'a rien fait et fera jamais rien. C'est le type le plus gentil que je connaisse.

Il hoche la tête, perplexe, le genre mi-crédule, mi-fataliste, qui vole un œuf, vole un bœuf.

Je précise :

— Moi, par contre…

Et je le plante là.

Je grimpe dans ma Saxo, démarre, manœuvre pour sortir en prenant soin de frôler la voiture de gendarmerie et remonte le chemin de terre à toute allure pour expulser la colère et la peur qui me bouffent de l'intérieur.

Gus, Gus, Gus, mais qu'est-ce que tu fiches, bon sang !

Une fois sur la nationale, je compose son numéro et bascule sur sa messagerie. La voix enjouée et rieuse de mon frère résonne dans le haut-parleur et je tombe dans le panneau, comme à chaque fois : «Allô? Allô? Allô? Allôôô?... Nan, je déconne, laissez-moi un message et je vous rappellerai, si j'ai encore du forfait!»

Je raccroche, le cœur battant.

Gus, un braqueur?

Faut vraiment avoir de la bouillie à la place du cerveau.

4

Trois kilomètres plus loin, Tournon-sur-Rhône, ses trois tours, son château xivᵉ siècle, sa collégiale Saint-Julien, ses deux ponts suspendus, sa fête à l'oignon y croûtons, ses picodons et ses dix mille cinq cent soixante et onze habitants se réveillent. Comme chaque matin, le quart d'entre eux se retrouve cul à cul, coincés au volant de leur bagnole sur dix kilomètres, le long de la départementale 86, reluquant leur rétroviseur pour s'assurer que la file d'emmerdés, derrière, est aussi longue et bouchée que celle des emmerdeurs devant. À part ça, les rues piétonnes pavées style provençal et les pizzas au feu de bois de la rue du Doux valent salement le détour.

Le nez sous le pot d'échappement de la BMW qui me précède, je cogite en allumant ma première cigarette de la journée.

Reprenons dans l'ordre pour y voir plus clair.

D'abord, il y a Charles et Adélaïde, respectivement petits-enfants de marins-pêcheurs et de paysans. Vingt-six ans de folle passion. Pas de mariage, parce qu'elle ne veut pas. Point à la ligne et sans discussion possible. S'il y avait eu un contrat de non-mariage, elle l'aurait signé et aurait fait ajouter par le maire la mention : «Jamais, sinon je fous le feu à la ville et je jette les clefs dans le Rhône!» Elle est comme ça, Adélaïde, elle associe les idées neuves, mais elle s'accroche à ses vieux principes. Charles a fini par jeter l'éponge – et c'est pas faute d'avoir essayé – mais pas l'eau du bain, puisque après l'achat d'un ancien restaurant rongé par les termites et l'humidité sur les bords du Doux, Ferdinand, le premier-né, voit le jour sur le dessus-de-lit parental. Vingt-cinq ans plus tard, l'aîné de la fratrie mène un doctorat en philosophie sur le concept d'idéologie chez Louis Althusser et commence sérieusement à se demander s'il ne devrait pas arrêter. À titre personnel, je suis contre parce que trois ans de recherches pour aller pointer au chômage ne manquent pas d'un certain panache. Et puis, faire une thèse sur un sujet qui ne sert à rien et qui n'intéresse personne, en soi, c'est presque de l'art abstrait.

Le 31 janvier 1994, alors que Robert Hue vient de remplacer Georges Marchais à la tête du PCF et au moment même où meurt Pierre Boulle, l'auteur de *La Planète des singes*, naît Pacôme, de très loin le plus brillant de la famille. Rien ne se perd, rien ne se crée, tout se transforme. Bac à seize ans, titulaire du CAPES, agrégé de mathématiques et de physique-chimie et pressenti pour le prix Fermat de mathématiques 2017. Politiquement neutre, ce qui ne veut rien dire mais qui a le mérite de ne se mettre personne à dos, sensible comme le cœur d'une brioche aux raisins secs et la brioche sur la main.

Me voilà, deux ans après, belle comme une fleur, rose donc, et enragée comme un grizzly. Diplômée en littérature, actuellement en congé sabbatique, durée indéterminée, j'occupe la fonction de cerbère de la porte, de maîtresse des clefs et, accessoirement, de directrice de l'espace culture d'un petit salon de coiffure situé en pleine rue piétonne. Popul'Hair, donc. Un nom qui défrise. Mon boulot consiste à détendre la clientèle en récitant des poèmes, en lisant des extraits de romans que j'affectionne. Ça dépend de mon humeur, de la tête de la coiffée ou de l'ambiance dans la boutique. Un concept culturel. Uniquement les lundis et vendredis. Une idée de Vanessa, la propriétaire, un soir où, sirotant un demi pêche, j'évoquais mon amour des belles tournures et de la grande littérature. Rémunérée en plus, oui, madame! En brushings ou balayages gratuits et en bouquins. Je fais l'avance, puis tout ce qui est lu dans le magasin est réglé rubis sur l'ongle et intégré dans la comptabilité.

Bref, revenons à nos moutons.

1996, Adélaïde déclare forfait.

— Et si tu n'es pas d'accord, Charles, tu n'as qu'à les porter toi-même pendant neuf mois, les gosses! Et l'épisiotomie, les varices, les vergetures et le ventre difforme, c'est cadeau!

Mon père surmonte le choc. Lui qui rêvait de treize à la douzaine établit une stratégie à long terme. Il n'occupe qu'un poste de secrétaire dans une étude. Il révise ses ambitions à la hausse. Cinq bouches à nourrir, plus la ménagerie. Bientôt d'autres, il n'en démord pas. Ça devient une idée fixe, chez lui. Il prend des cours de droit par correspondance, passe les diplômes de troisième, deuxième puis premier clerc, et n'a de cesse de distiller ses idées subversives à grand renfort de documentaires sur les enfants-soldats, les réfugiés du Darfour ou les orphelins d'Haïti. Adélaïde supporte les visites de trois vagues successives d'assistantes sociales, dont la dernière fourre son nez un peu trop profondément dans ses tiroirs.

Ulcérée, mais imperturbable :

— Non mais, est-ce que je vous demande, à vous, la couleur de vos petites culottes ?

— Mais madame...

— La belle excuse !

Charles, tentant de temporiser :

— Ce rouge pivoine te va à ravir, mon amour.

La dame, à qui on ne la fait pas, trente-cinq ans de métier, pensez, elle a même connu les orphelins de la guerre du Vietnam, ne temporise pas du tout, au contraire :

— Je ne vous permets pas !

— Vous avez tort.

— Je ne fais que mon travail !

— De mieux en mieux.

— Mon rapport va être salé !

— Faites-moi rire !

En 2005, Adélaïde signe les papiers. Gustave et Antoine débarquent d'un orphelinat de Bogotá à bord d'un Boeing 747, au son des paceños, des lichiwayus et des chirimías, avec de belles vestes toutes neuves, suivis, dix mois plus tard, par Camille, reine colombienne parmi les reines colombiennes, regard ensorceleur, boucles noir de jais et une colonie de vers intestinaux que ma mère combattra avec férocité jusqu'au dernier pendant que Charles tente pour la première fois le concours de notaire. Pris à l'écrit, recalé à l'oral – merde, avec un prénom pareil, bien français, on pensait tous qu'il serait pris d'office (notarial) sur dossier.

Je le console comme je peux :

— C'est une histoire de consanguinité, papa.

— 11 à l'écrit ! s'écrie-t-il, effondré. Un miracle !

— Y a trop de mélanges, dans la famille. À l'écrit, ça ne se voit pas, mais à l'oral, avec tes origines italo-nordiques et tes gosses colombiens, les mecs, là, ils sentent ça à des kilomètres. Une sorte de sélection naturelle, si tu préfères..

— Il ne me fallait que 9 à l'oral…

Je tique.

— Ils t'ont donné combien, au final ?

— 8 !

Je siffle, admirative :

— Ce que c'est que l'instinct de reproduction chez ces gens-là, tout de même !

Et pense secrètement : « Quelle bande d'eunuques cénobites ! » Les crustacés décapodes, hein, pas les moines.

C'était l'an passé.

Évidemment, il remet ça cette année. L'écrit était il y a un mois. Charles a obtenu la note de 15 / 20. L'oral est dans très exactement onze jours. La note de 5 serait synonyme de victoire. Normalement, c'est dans la poche.

Mais Gus a disparu.

Et Charles raterait tous les concours de la terre pour ses enfants, même pour une erreur judiciaire.

Parce que Gus, franchement, El Chapo lui-même n'en voudrait pas comme dealer. Un mètre soixante. Des quilles de coureur de fond kenyan. Un torse de catcheur somalien. Une peau mate – les esprits bas du front diraient « basanée ». Un sourire ravageur. Les filles qui tombent les unes après les autres. Jamais un radis sur lui. Une petite vie pépère de collégien depuis près de cinq ans maintenant. Il a pris ses marques. Tranquillement. En taulier. Deux sixièmes d'affilée. Pause : une cinquième. Puis deux quatrièmes à nouveau. Un coureur de fond, je vous dis. L'effort dans la durée. *Chi va piano va sano.*

Gus a sa place réservée dans le garage à vélos. Sur le banc de la cantine. Dans la cour, sur le terrain de balle aux prisonniers, près de la ligne. Les bleus de sixième connaissent son nom avant même de passer le portail du collège, à la rentrée de septembre. Les pions rédigent des lettres de motivation auprès de la direction pour l'avoir dans leur salle d'étude.

Une légende tenace court même depuis deux ans selon laquelle un lit serait fait à son attention dans le dortoir du pensionnat des garçons, au cas où ses parents déménageraient à l'autre bout du pays.

Attention, hein, pas parce que c'est un caïd redouté et respecté !

Non.

Parce que Gus est bon.

Bon comme la romaine.

Tellement bon, comme l'insinue l'expression, que n'importe quel esprit retors peut n'en faire qu'une bouchée. Oh, il lui arrive de faire des bêtises, personne n'est parfait, mais en vrai, sa spécialité, c'est bouc émissaire professionnel. Un peu comme le Malaussène du *Bonheur des ogres* de Daniel Pennac, mais sans contrat de travail et donc sans couverture sociale.

Adélaïde l'envoie chercher des livres payés d'avance à la librairie dont elle est cliente depuis près de trente ans : qui

44

se fait coincer par le vigile pour tentative de vol de livres de droit pour son père, invendables au black dans les rues de Tournon, je vous le donne en mille ?

Gus.

Un gamin se fait braquer son vélo flambant neuf par un bon citoyen soucieux de prévenir les propriétaires du vélo volé ?

Gus.

Quel est le seul adolescent qui se fait arrêter en pleine rue pour consommation de haschisch alors qu'il est juste en train de se rouler une cigarette ?

Gus.

Un type détale après avoir volé le sac à main d'une vieille dame sans défense ?

C'est sur Gus que les flics tombent.

On recherche un mec de type maghrébin soupçonné de siphonner les voitures sur le parking du supermarché la nuit ?

Gus.

Maintenant, le braquage du buraliste, la gestion du trafic de drogue du secteur et peut-être un meurtre.

Gus, évidemment.

Et demain ? Le détournement d'un train ? Le casse de la Banque de France ? Les meurtres inexpliqués des dix dernières années ? La succession de Walter White et Jesse Pinkman à la tête du plus gros réseau de fabrication et de vente de crystal meth du Nouveau-Mexique dans la série télévisée *Breaking Bad* ? Le trou de la Sécurité sociale ? Les écoutes téléphoniques de Paul Bismuth ?

Gus, Gus, Gus, encore et toujours Gus.

Logique et cohérent comme une déduction de militaire de carrière le jour où il trouve un amant dans le lit de sa femme, après huit mois à bouffer du sable et des tirs de mortier au Mali.

Même si l'affaire est grave, je sais que tout ça, ce ne sont que des conneries. Le lieutenant Personne, lui, n'en sait encore rien. L'objectif, à présent, consiste à le convaincre que son hypothèse de départ ne tient pas la route. Pour ça, il faut lui apporter notre aide.

Et retrouver Gus, bien sûr.

Qui se planque, comme toujours dans ces cas-là.

J'atteins enfin le centre-ville, le moteur de la Saxo est au bord de l'apoplexie. Je remonte la rue de la Poste en sens interdit – de toute façon, c'est Gus qui prendra – et je me gare en double file devant le salon de coiffure. Le type devant moi klaxonne comme un forcené quand je pile pour éviter Odette, l'une de nos meilleures clientes, qui se pointe pour son rendez-vous de 8 h 30. Je me gare à la va-vite, saute sur la chaussée et me précipite pour ouvrir.

Odette ne me rate pas :

— Alors, quel poème allez-vous me réciter, aujourd'hui, Rose ?

Vanessa, l'unique coiffeuse et seule responsable du nom du salon, aussi, qui tapote sa montre.

— Merde, Rose, tu fais chier !

Je ne lui laisse pas le temps de m'assaisonner davantage.

— Personne.

— C'est ça ton excuse ?

— Richard Personne, le flic, tu connais ?

— Quoi ?

46

— Tu l'as déjà eu comme client ?

Vanessa ouvre des yeux ronds comme des bigoudis en tulle de Caudry.

J'insiste :

— Beau gosse, la trentaine, des yeux vert pêche, un accent circonflexe à la place du sourcil droit.

L'information se fraie un chemin. Je peux quasiment scanner sa progression. Son visage s'illumine par petites touches peroxydées.

Soudain :

— Richard le petit malin.

Je souris. Vanessa jubile.

— Une coupe à la Robert Pattinson, poursuit-elle sur sa lancée.

— C'est exactement ça !

Elle récite par cœur :

— Trois doigts dessus, tondeuse sur les côtés, cran numéro deux, deux fois par mois, le mardi à dix-huit heures, juste avant la fermeture.

— Oui !

Pour un peu, je l'embrasserais.

— Dis-moi tout ce que tu sais sur lui.

— Salope !

Ça y est : je l'embrasse.

5

Vanessa shampouine Odette qui fait la gueule. Je ne suis que de passage. Congé sans solde. Aujourd'hui, point de Phèdre, de Pétrarque ou de Cervantès. Ni Rabelais, son préféré, avec Érasme. Sa parodie savante, sa truculence, sa satire vindicative, ses fantaisies invraisemblables, sa paillardise.

— Pas même un dizain ou deux?

— Je me rattraperai, promis.

L'espoir, cette tragédie, brille dans son œil. Culture et coiffure, poésie et bigoudis, sonnets et balais, adages et balayages, ça sonne pourtant comme une évidence et ça marche du feu de Dieu. Personne n'y a pensé avant nous. Le péquin moyen méprise ces femmes qui attendent que leurs cheveux sèchent, alignées sous les casques. Il les prend pour des lectrices compulsives de magazines people, adeptes de potins et de rubriques chirurgie esthétique. Honte sur lui car il se méprend! La ménagère de cinquante ans n'est pas celle qu'on croit. Donnez-lui du Charles Ier d'Orléans et elle vire experte en complaintes et en rondeaux. Villon, elle ne jure plus que par la poésie en vers octosyllabiques.

Milton, et la voilà pamphlétaire à défendre Lady Diana, dont le divorce, s'il était intervenu plus tôt, l'aurait probablement sauvée du complot ourdi contre elle par la reine mère. Raimbaut d'Orange, elle se lance dans une analyse des apports des troubadours du XIIe siècle à l'œuvre de Julio Iglesias. Adonis, elle s'insurge contre le port du voile en Syrie. Woeser, elle lance une pétition de soutien au dalaï-lama. La rime agit comme une drogue sur les racines de cheveux. Ça boucle mieux, c'est un fait scientifique avéré – même René Char qui fait pleurer et donc friser. Et ça rend moins con. Ça aussi, c'est un fait.

La voix vibrante d'excitation d'Odette en témoigne :

— *Gargantua*?

— Promis.

— *Éloge de la folie*?

— Croix de bois, croix de fer.

Je lève la main et crache par terre. Odette exulte. Vanessa me lance un regard torve. Je rafle une éponge pour nettoyer. Vanessa me pardonne. Je m'épanche sur son épaule, pendant qu'elle masse le cuir chevelu de sa cliente.

— Alors ?

Elle élude pour me faire languir.

— Richard Personne…

— Je m'inquiète pour Gus. Abrège, s'il te plaît.

Vanessa hoche gravement la tête, déjà prête à trahir le secret professionnel pour la bonne cause.

— Honnête, consciencieux, travailleur, amateur de jazz et de Bach, pianiste à ses heures, a fait une croix sur le Conservatoire pour entretenir sa mère, veuve et retraitée, loue un appartement à deux pas d'ici, cinq ans de droit, recalé à l'examen du barreau, sobre comme un moineau.

— Le portrait du flic parfait.

Vanessa lève les yeux au ciel.

— Devenu lieutenant de police pour payer son loyer, mais rêve toujours de devenir avocat.

— Et ?

— Malin, avec ça, qui joue à l'imbécile pour se fondre dans la masse.

— Du genre ?

— Flagrant délit de tricherie caractérisée. Il a laissé gagner l'une de mes clientes au Scrabble pour la mettre en confiance et l'interroger sur son mari qui est impliqué dans une affaire de corruption.

Je pense : ou le genre à feindre de faire des fautes d'orthographe pour flatter la vanité des sœurs de prévenus. Richard Personne, petit cachottier, va !

Je prêche le faux.

— Ça ne prouve rien.

Vanessa s'écrie :

— Elle est nulle ! Même moi, je la bats !

Je ricane pour masquer mon trouble.

— C'est tout ?

— De rien, ma belle.

Odette intervient :

— Votre Personne, là, il vit au-dessus de chez moi. Il m'aide à faire mes courses. Une vraie crème.

— C'est plus un flic, c'est un saint.

— Et je conteste pour l'alcool, précise-t-elle. On a déjà bu du porto plusieurs fois ensemble.

50

— Zut, la canonisation nous file sous le nez. À deux doigts près, c'est ballot.

Discours antiflic primaire. Voilà que je parle comme ma mère, maintenant. Je cherche la parade. Qui ne vient pas. Vanessa me lance des œillades accusatrices par télépathie : «C'est toi, le flic, avec tes questions sur sa vie privée!» Le pire, c'est qu'elle a raison, mais je ne suis pas prête à l'admettre. Je m'écarte d'elle et me dirige vers la porte. Je baisse quand même les yeux pour ne pas croiser mon reflet devant le miroir en passant.

— Prochain rendez-vous? je murmure, un pied sur le trottoir.

— Demain soir, même heure que d'habitude.

Mon portable sonne. Adélaïde. Je relève la tête et envoie un baiser de la main à Vanessa.

— Pas un mot sur Gus, hein!

— Je suis plus maligne que lui, ne t'inquiète pas.

Du coup, je m'inquiète pour de bon. Odette me fait un clin d'œil complice. Avec sa cape noire et sa teinture violine pleine de mousse blanche, elle ressemble à une aubergine qui aurait éclaté au micro-ondes. J'en frémis pour Rabelais. Je sors dans la rue – adieu shampoings et huiles essentielles! – et je décroche.

— Alors?

— La perquisition…

Elle fait durer le suspense, je la hais.

— La police n'a rien trouvé.

Je me retiens de crier mon soulagement, je l'adore.

— Je n'en ai jamais douté, dis-je.

Elle si, je le sens au ton de sa voix. Elle n'a pas pu s'empêcher d'imaginer le pire. La connaissant, je sais que ça la ronge.

— Dans quel pétrin ton frère est-il encore allé se fourrer !

— Ne t'inquiète pas, maman, tout va s'arranger.

— Si tu savais quelque chose, tu me le dirais, n'est-ce pas, Rose ?

La suspicion, toujours. Je mens :

— Évidemment.

Elle renifle. J'entends mon père derrière qui lui parle.

— On est tous convoqués au commissariat vers quinze heures.

Je promets d'être là. Elle m'embrasse, pleure un peu, moi aussi, forcément. Le chagrin de ma mère est communicatif parce que rare. Son rire et son hoquet aussi, mais ils sont plus fréquents. Je finis par raccrocher avant de me transformer en pleureuse sicilienne. Je grimpe dans ma caisse. Il est neuf heures passées, tout le monde est au travail, trêve d'embouteillages jusqu'à ce soir, je suis en hypoglycémie. Je fonce à l'autre bout de Tournon, direction la boulangerie, *Death Magnetic* à fond sur l'autoradio, hurlant avec James Hetfield «*So we cross that line into the grips, total eclipse, suffer unto my apocalypse*», yeaaaah ! Bon d'accord, ce n'est pas Sophocle, Ovide ou Antimaque de Colophon et ça rendrait Odette dépressive, mais ça défoule et j'en ai bien besoin.

Je trouve une place, près du rond-point de l'Octroi, je m'apprête à traverser dans les clous, mon côté heavy metal, sans doute, quand soudain j'aperçois mon frère sortir de la boulangerie.

Antoine.

Pas Gus.

Je lève la main pour lui faire signe, mais quelque chose d'étrange dans son attitude m'en empêche. Je cherche quoi. C'est alors que je repère le sac en papier aux couleurs de la boutique qu'il tient à la main. Un gros. Le genre plein de pains au chocolat, de croissants, de brioche et de parts de pizza. J'en bave d'avance. Affamée que je suis, je ne percute pas tout de suite que si mon frère transporte des viennoiseries alors qu'il devrait être en train de les fabriquer, ce n'est pas nécessairement pour moi. Voire pas du tout puisqu'il ne sait même pas que je suis là.

Évidemment, maintenant, j'ai compris.

Pour qui, donc?

Ça me frappe comme un uppercut du gauche en pleine poire.

Gus.

Alors que je me décide à traverser pour lui poser la question, Antoine regarde à droite, à gauche, et s'enfonce dare-dare dans la ruelle de droite.

Je cours le rejoindre. Il trace et je sens tout le poids de la nicotine peser sur mes poumons – merde, ça n'a pas l'air lourd, pourtant, la fumée de cigarette!

Il rattrape la rue du Doux et remonte en direction du centre-ville. L'odeur de beurre grillé me chatouille les narines, même à cent mètres. Avec ce que je salive et crache, un escargot accro aux Lucky Strike pourrait me suivre à la trace. Antoine me distance sérieusement. Je croyais que les Colombiens avaient le vélo et le triple saut dans le sang, pas la marche sportive. Promis, demain, j'arrête de fumer! Je baigne un instant dans les effluves persillés qui s'échappent de la pizzéria Faure par le tuyau d'évacuation des cuisines, un véritable supplice. Mes poumons me hurlent de stopper, de m'allonger sur le bitume et de mourir, asphyxiée. Loin devant, Antoine dépasse la collégiale Saint-Julien et attaque la rue piétonne. Putain, je suis en train de le perdre! Tant pis pour le pain au chocolat. À ce stade, je ferais mieux de lui téléphoner, même si je ne suis pas certaine d'avoir encore assez de souffle pour parler.

Ce que je fais.

Après avoir déclaré forfait et vomi le petit déjeuner que je n'ai pas encore pris dans le caniveau sous l'œil médusé d'une quadragénaire en sac Vuitton et tailleur anthracite – ne me demandez pas la marque, je n'y connais rien, je ne suis pas en état, par contre, je crois qu'elle ne porte pas de culotte.

Ça sonne.

Je vois de loin Antoine consulter son portable sans ralentir et le rempocher aussi sec.

Messagerie.

J'y déverse un flot de borborygmes incompréhensibles jusqu'à ce qu'elle soit pleine. Pas sûr que ce soit très productif, mais c'est comme beugler avec James Hetfield, ça défoule.

Je relève la tête.

Antoine a disparu.

Je crie :

— Quelle connasse! Non mais quelle connasse!

Naturellement, je parle de moi, là – tiens, j'ai retrouvé un peu de souffle! L'air apeuré de la quadragénaire agelaste qui décanille sur ses talons aiguilles me le confirme.

Désormais, j'ai toujours le ventre vide, une haleine de hyène, les cuisses en feu, sans doute le début d'une embolie pulmonaire ou d'une insuffisance cardiaque et j'ignore où se rend Antoine. Qui habite sous le même toit que moi et pourra donc me renseigner dès qu'on se verra.

Prête à m'effondrer, je me laisse aller contre le capot d'un 4×4 blanc écru de type luxe, calme et volupté, voyez, sans doute celui de la bourgeoise qui a fui. Mais ce sont des larmes de rire et non de désespoir qui montent, la seule thérapie qu'on m'ait jamais enseignée. Merci maman, merci papa! Le rire et l'esprit de contradiction. Gargantua et le doyen de la Sorbonne, Janotus de Bragmardo, se rappellent à moi, hommage à Odette qui n'a pas eu son quart d'heure culturel ce matin : «Ensemble eulx, commença rire maistre Janotus, à qui mieulx, mieulx, tant que les larmes leur venoient des yeux : par la véhémente concution de la substance du cerveau à laquelle furent exprimées ces humiditez lachrymales, et transcoullées jouxte les nerfs optiques.»

Bon sang, c'est totalement ça!

Aux chiottes, Baudelaire, dans le mille, Rabelais : je ne suis que concution, humiditez et transcoullées.

Et j'ai toujours les crocs.

6

Mouais…

L'article titre : « La tête pensante d'un gang de braqueurs nargue les forces de police. »

Pas terrible, ce croissant, je pense en me brûlant les lèvres à grand renfort de café crème au bistrot qui fait face au lycée public Gabriel-Fauré, l'édition du jour du journal local étalée devant moi. Une institution. 1536, deuxième plus vieux lycée de France, fondé par le cardinal François II de Tournon. Les étudiants d'Europe entière se pressaient à ses grilles pour y suivre des cours de philosophie, de théologie, d'hébreu et de chaldéen. C'est pas moi qui le dis, mais la plaque en marbre vissée au-dessus de la voûte d'entrée, écrite en français, fort heureusement, car je ne parle pas le chaldéen couramment – sous laquelle un couple de lycéens boutonneux se roule des galoches sans vergogne. Et sans se soucier une seconde du poids de l'Histoire et des mœurs des professeurs jésuites de l'époque. Franchement, qui leur en voudrait ?

Je recommande quand même un croissant et un double expresso pour faire bonne figure. Mon estomac semble supporter le mélange. J'allume une cigarette. Il est 11 h 45. Camille ne devrait pas tarder à sortir, puis nous filerons à la gare de Romans récupérer les deux aînés, prompts à abandonner les bancs de l'université grenobloise pour voler au secours de leur petit frère. Et puis Ferdinand et Pacôme sont étudiants, ce n'est pas comme s'ils travaillaient vraiment. La famille se ressoude par petites touches.

Je suis retournée me poster en face de la boulangerie, après avoir perdu la trace d'Antoine. J'ai poireauté deux bonnes heures, résistant par solidarité familiale à la tentation d'une viennoiserie – je ne vais pas engraisser un patron qui aspire à dégraisser mon frère, non! Ledit patron faisait le guet lui aussi, passablement agacé de ne pas voir réapparaître son apprenti esclave. M'est avis qu'Antoine risque de ne pas être payé ce mois-ci non plus, surtout s'il tape dans la marchandise. Il n'était pas encore rentré quand Adélaïde m'a demandé de transformer ma Saxo en taxi.

Donc : mouais…

Mauvaises nouvelles dans l'édition locale.

La ganache de Gus. En une. Devenu l'ennemi public numéro un parce que, dans la nuit, a eu lieu le braquage d'un bureau de tabac. Trois types, une centaine de cartouches dérobées, cinq mille euros en liquide. Le propriétaire intervient, armé d'un fusil. Ça tourne mal. Visiblement, ses agresseurs parviennent à subtiliser son arme, et le voilà aux urgences de Valence, entre la vie et la mort. L'unique caméra de vidéosurveillance située face à la caisse, dans le magasin, est formelle. Avant d'être subitement coupée par l'un des malfaiteurs, elle a eu le temps d'enregistrer treize secondes au contenu indiscutable. Gustave Mabille-

Pons était là, à visage découvert, évidemment, entre deux types cagoulés. Ses empreintes, un peu partout sur la scène de crime, doublées de traces de cocaïne.

La photo en noir et blanc dans le canard ne laisse aucun doute.

Gus, sa gueule de Colombien enfariné, floutée parce qu'il est mineur, coincé entre deux sbires d'une tête de plus que lui. Deux têtes, en l'occurrence. Au milieu. Comme si c'était lui le chef de meute.

La tête pensante.

Je connais trop bien mon frère.

Pensante me semble un adjectif bien trop lourd de conséquences pour être accolé à sa tête. Quant à chef, je n'en parle même pas. Attention! Ne me faites pas dire ce que je n'ai pas dit. Mon frère n'est pas un imbécile. Bien au contraire. C'est même le plus futé d'entre nous et c'est précisément pour ça que jamais, ô grand jamais, il ne revendiquerait le statut de meneur d'hommes, de tête pensante, de cerveau de l'affaire, de responsable, pire : de chef.

Comme plan de carrière, Gus aspire au salariat et aux sodas. À l'intérim confortable sans 33 Export. Aux non-responsabilités. À la non-présence dans la ferme des non-célébrités. Aux prêts à taux zéro. Non au syndicalisme étudiant, non à la révolution, aux jours assis en lieu et place des nuits-debout. Pas d'adhésion à un club de sport. Pas de carte de prêt à la bibliothèque. Ne surtout rien lire, par crainte de se fourrer dans la tête des idées subversives qu'il pourrait regretter. Et aux filles, bien sûr, comme principe philosophique de vie, parce que c'est de loin ce qui préoccupe le plus mon petit frère depuis qu'il a découvert son pouvoir de séduction. En quelques années, Gus est devenu un poète de l'amour libre. Un professionnel de la drague de cour d'école. Des rendez-vous fébriles sous le préau. Des échanges salivaires mentholés. Des « t'as de beaux yeux comme quelque chose qui brille » susurrés à l'oreille d'une grande perche myope de cinquième. Des mots doux truffés de fôts d'orteaugraff glissés dans un cahier. Et, depuis peu, des courbes avantageuses et priapiques de String-Doré.

La belle vie, quoi !

La sagesse suprême de l'adolescent d'origine colombienne qui devine intuitivement le poids des préjugés, la force d'inertie du contenu des manuels scolaires et la loi de la gravité amoureuse.

Cool Raoul !

Dans le milieu du bus, Gus !

Surtout pas au fond, ni devant. Au milieu, on vous dit !

Alors le grand banditisme à visage découvert, avouez que ça peut surprendre.

L'article consacre un encart à l'épouse éplorée de la victime, une grippe-sou cramponnée à son tiroir-caisse qui a oublié d'être conne. Le propriétaire du bureau de tabac est un homme apprécié en ville. Président de l'association des commerçants, grande gueule, entre la vie et la mort, *dixit* la pimbêche qui maîtrise les ficelles du métier. Plus proche de la mort, d'ailleurs, d'après le journaliste qui le tient de la pimbêche. Dossier à charge. L'honnête commerçant *versus* le basané sans foi ni loi, version sous-titrée : « Je te renverrais tout ça dans son pays, moi ! » Faut pas être devin pour savoir que ce n'est pas bon pour mon frère.

Questions. Si des malfaiteurs professionnels cocaïnés,

cagoulés et armés décident de braquer un débit de tabac. 1) Pourquoi recruter le prince des branquignoles? Objection votre Honneur, c'est peut-être une couverture. Réponse cinglante et sans appel : l'assistance du tribunal éclate de rire. Le juge : Veuillez faire évacuer la salle d'audience! 2) Admettons, mais si les cagoulés ont délibérément recruté un complice ayant l'apparence d'un saint, pourquoi Gus? Pour commencer, c'est un gamin. Qui risquait de tout faire foirer. Ou c'est le coup le plus génial du siècle, et je m'y perds. Ou ceux qui ont fomenté ce braquage sont aussi branques que mon frère, auquel cas cela expliquerait tout sauf l'idée même d'un braquage. Ce qui m'amène à la question numéro 3) proche de la 1) : Pourquoi Gus, bordel de Dieu? Puis la 4) Pourquoi à visage découvert? Et la 5) Le connaissent-ils ou l'ont-ils choisi au hasard? Parce que franchement, monter un vol à main armée, sachant qui est Gus, faut avoir des pulsions suicidaires ou une sérieuse propension à l'humour au onzième degré.

Question subsidiaire, encore sans réponse, qu'est-ce que c'est que cette histoire de cocaïne, d'abord? Richard Personne, il est temps que tu nous en dises un peu plus.

Évidemment, j'ai rappelé ma mère, anéantie.

— Je te passe Charles.

Qui était lui aussi dépassé par les évènements.

— Tu as lu, le journal, Rose?

— Oui.

— Tu penses toujours que ton frère est innocent.

— Oui.

Il marque une courte pause.

— Après le départ de la police, Adélaïde a transformé

60

notre chambre en laboratoire d'enquête. Elle a ressorti toutes les archives familiales, trié ce qui concernait Gus, lettres, carnets de notes, photos, vidéos de vacances, et elle prépare sa défense avec l'idée de commencer son plaidoyer par un vibrant rappel de l'enfance de ton frère dans les bidonvilles de Bogotá. Elle a lancé un appel à témoins sur Facebook, auprès d'anciens orphelins de l'institut qui les a recueillis, Antoine et lui, en 2002, avant qu'on les adopte. Elle veut refaire toute l'histoire.

— C'est-à-dire ?

— J'ai réussi à l'empêcher de remonter jusqu'à Christophe Colomb et Amerigo Vespucci.

— Je vois… C'est pas toi, le spécialiste en droit de la famille ?

— Tu connais ta mère.

Vu sous cet angle.

— Et qu'en pense l'avocat ?

— Qu'il faudrait songer à augmenter ses honoraires, vu la tournure que prend l'affaire, et qu'il voudrait des garanties.

— Et toi ?

— Tu sais où se trouve ton frère ?

Je mens par omission :

— Non.

C'est vrai quoi, j'en sais encore rien. Je suppose qu'Antoine le sait, ce qui est différent, mais rien ne le prouve.

Mon père toussote.

— L'avocat dit que Gus devrait se rendre sans tarder, déclare-t-il comme s'il lisait dans mes pensées. Et livrer ses complices. Ça permettrait de négocier.

Je fais diversion pour ne pas avoir à mentir.

— Maman en pense quoi?

Il soupire longuement.

— Elle prétend qu'elle n'a aucune confiance dans la justice répressive et autoritaire de son pays, que les prisons sont remplies d'innocents et les bancs de l'Assemblée de coupables qui ne seront jamais condamnés.

Adélaïde, Adélaïde...

— Et?

— Elle a ajouté qu'elle ne dirait donc plus rien pour ne pas prendre le risque de nuire à Gus.

Je réfléchis.

— J'ai un peu d'argent de côté, pour l'avocat, au cas où la ligne de défense de maman prendrait l'eau.

— Parle-lui, s'il te plaît, moi, elle ne m'écoute pas.

Autant écoper le radeau de *La Méduse* avec une pelle à tarte et un seau à glace.

— Promis, dès ce soir.

J'écrase ma clope et termine mon café.

— Camille va sortir, je dois y aller.

Il m'embrasse, je l'embrasse, nous nous embrassons, je raccroche. En face, le couple met fin à quinze bonnes minutes d'effusions hormonales sous le regard débonnaire de la statue en bronze du cardinal himself et d'un chien qui en coule un, justement, en plein milieu du passage. Leur séparation est un véritable crève-cœur. Je réalise que la fille d'un mètre cinquante-quatre n'est autre que ma sœur. En sortant, le gamin, au moins un mètre quatre-vingt-quinze, met le pied gauche sur l'œuvre canine. Ça porte bonheur.

Dommage. Je crois deviner un sourire taquin se dessiner sur les lèvres de François II.

Une projection de mon âme.

— C'est qui, Goliath ? je lance à Camille, lorsqu'elle me rejoint.

— Un type qui est majeur, qui a le permis, une voiture, et qui m'emmènera loin de ce trou et de ma salope de sœur dès que je serai majeure !

— Je t'aime.

— Moi aussi, Rose.

Je lui tends le journal et la mets au parfum des évènements de la matinée et de la convocation de 15 h au commissariat de police. Elle grimace. Elle connaît plutôt bien l'endroit. Elle botterait bien en touche. Je lui fais remarquer que c'est pour Gus qu'on fait ça. Elle se tait, mais je la sens prête à dégainer l'affaire du tee-shirt bleu à paillettes sur la table des négociations. Je tapote le journal du bout des doigts. Elle lit. Elle regrimace. Elle en arrive à la même conclusion que moi.

— Quel ramassis de conneries ! lâche-t-elle, définitive, dans son langage fleuri.

— C'est bien mon avis.

Elle me pique une clope.

— Il y a quand même une bonne nouvelle.

— Ah oui, laquelle ? fais-je, étonnée.

— On a échappé à l'accusation de terrorisme.

— Ton optimisme béat me laisse sans voix.

— Par les temps qui courent et vu la couleur de peau du frangin, cela relève du miracle, réplique-t-elle sans relever mes sarcasmes et oubliant sa propre couleur de peau.

J'admire son flegme. Notre frère risque trente ans de placard, mais elle trouve encore le moyen de voir le verre à moitié plein. Au regard des vingt mille ans des civilisations colombiennes, réduites à néant en quelques décennies après l'arrivée des premiers colons génocidaires espagnols, ça force le respect.

Je m'interroge à voix haute :

— Tu as le droit de vote, toi ?

— Je vais prendre ça pour un compliment.

Je lui raconte ensuite ma course-poursuite-vomi et lui demande son avis à propos d'Antoine et de Gus. Elle prend son temps pour me livrer son analyse.

— Tu devrais arrêter de fumer, commence-t-elle par dire.

— Va te faire mettre, je réplique, même si elle a raison.

— J'y songe.

— À arrêter de fumer ?

Elle tire sur sa cigarette d'un geste langoureux beaucoup trop éloquent à mon goût. Je note mentalement de l'affranchir à propos des règles contraceptives élémentaires et j'en reviens à ce qui nous occupe pour le moment.

— Tu sais quelque chose ?

Elle écrase sa clope dans le cendrier à la manière d'Uma Thurman dans *Pulp Fiction* – vous savez, cette scène où John Travolta vient de la sauver d'une overdose et où ils babillent avant l'arrivée de l'employeur du tueur à gages qui est aussi le mec jaloux et psychopathe de la jeune ressuscitée –, c'est-à-dire avec classe. Ça a dû lui demander des heures d'entraînement, vu que ma sœur mesure trente bons centimètres de moins que l'actrice.

— Possible, répond-elle.

Je m'emporte, indifférente à ses talents d'actrice.

— Alors dis-le!

— Je l'ai entendu faire le mur cette nuit.

— Pourquoi n'as-tu rien dit?

— D'abord parce que ce n'est pas la première fois et que, d'habitude, il revient au petit matin sans avoir la police aux fesses.

— Ensuite?

Elle soupire.

— Parce que ça m'arrive aussi, banane!

Je tombe des nues. Cette famille va à vau-l'eau, si vous me passez l'expression.

— Mais pourquoi? On a les parents les plus permissifs de la terre.

Camille se bidonne.

— Justement.

Comme je fronce les sourcils, perdue dans des abysses d'ignorance crasse, elle précise :

— Le piquant de l'interdit, si tu préfères.

Je pense à Goliath, tapotant le volant d'une AX Citroën vert pomme métallisé, attendant ma sœur, pomponnée et excitée comme une puce, près de la maison, en pleine nuit, sans que personne se doute de rien. Le temps que je me remette de mes émotions, elle se penche vers moi et pose délicatement sa main sur la mienne.

— Ne t'inquiète pas.

Je me sens vieille, d'un coup. Je me lève et je fais quelques pas vers ma voiture. Non, ça va, je n'ai pas encore besoin de canne pour marcher.

— Tu veux que je te dépose à la maison ou tu viens avec moi ?

— Je t'accompagne.

Les portières claquent, le moteur ronronne, nous prenons la direction du pont.

— Laisse-moi parler à Antoine. Il me dira, à moi. De gré…

Elle me laisse compléter toute seule, un sourire machiavélique aux lèvres.

— Tu m'inquiètes, des fois, Camille.

— J'ai un dossier long comme le bras sur lui. S'il refuse de parler, je le massacre.

Je la dévisage, effarée. Rien d'autre ne me vient que l'Évangile selon saint Matthieu, chapitre 27, verset 46.

— *Eli, Eli, lama sabachthani !*

Camille regarde avec pitié.

— Tu t'es mis à l'arabe, toi ?

— C'est de l'hébreu, ignare.

— Ah bon, il y a une différence ?

— Mon Dieu, mon Dieu, pourquoi m'as-tu abandonnée ?

— Oh ça va ! Je suis en première L, option espagnol.

— Non, c'est la traduction.

Camille écarquille les yeux.

— La traduction de quoi ?

— …

Elle m'a eue à l'usure, un truc qu'elle tient d'Adélaïde et dont je n'ai pas encore réussi à percer le mystère. Jeu, set et match. Trop forte pour moi. Je salue l'arbitre, allume l'auto-radio et j'en perds mon latin. Les riffs de Metallica rabaissent ma tension à un niveau que mon cœur peut supporter.

Camille tend la main, retire le CD que j'écoutais et bascule sur NRJ où un présentateur radio dénommé Manu traite un auditeur de grosse pute avant de lancer le dernier titre de Rihanna, qui débute en fanfare et en finesse : « *Give it to me I need it, You know how to make me feel it.* »

Traduction :

Mets-le-moi comme j'en ai besoin, tu sais comment me le faire sentir.

Et il ne s'agit pas de métaphore.

Je supplie Camille de bien vouloir ranger mon CD.

— Tu comprends l'anglais ?

— Option espagnol, je te dis, tu es sourde ou quoi ?

Si seulement…

Ma sœur tient un instant la pochette de Metallica du bout des doigts et observe avec dédain l'illustration de couverture, un cercueil noir, creux, sur lequel on peut lire le titre de l'album, *Death Magnetic*, sous le sigle stylisé du groupe.

— T'écoutes vraiment des trucs glauques, toi ! dit-elle le plus sérieusement du monde.

7

— Monsieur et madame Mabille-Pons, je n'irai pas par quatre chemins, l'affaire est grave.

Locaux de la PJ de Tournon, quatrième étage de l'hôtel de police, 15 h pétantes. Le commissaire divisionnaire Boyer est un quadragénaire ponctuel. Il est installé derrière un bureau en teck, sous le portrait en sursis du président de la République qui, au moment où la photo a été prise, affiche la mine réjouie de celui qui se croit plébiscité pour les dix ans à venir. Minimum. Le divisionnaire Boyer, lui, affiche l'assurance contrariée du fonctionnaire qui, quelle que soit l'identité du proprio hexagonal, a encore vingt années à tirer, au bas mot.

Et qui connaît la musique.

Traduisez : l'affaire est grave et néanmoins entendue. Il sait que nous pensons Gus innocent, comme il sait que dans l'écrasante majorité des cas, les proches des coupables tombent généralement des nues et sont les derniers à admettre que leur rejeton puisse être impliqué dans une entreprise criminelle. Contrairement aux intrigues alambiquées des séries policières contemporaines, les faits sont ici avérés, le coupable, votre fils et frère, est *a priori* connu et toute cette histoire sera vite réglée et renvoyée devant un juge, comme c'est le plus souvent le cas. Arrestation, jugement, pleurs et prison. Pas d'analyses ADN, pas de rebondissement surprise, pas de courses-poursuites, d'experts à Miami ni de cheveux coupés en quatre. Tout au plus quelques relevés d'empreintes et des aveux signés, une fois Gus retrouvé et incarcéré.

Grave mais simple.

Vraiment pas de quoi se réjouir.

Le lieutenant Personne se tient debout, à sa droite, légèrement en retrait, et nous observe. Un peu comme si sa mission était de nous rappeler par sa seule présence que le commissaire Boyer pouvait se tromper mais que les chances d'une erreur en notre faveur étaient minces compte tenu de la triste banalité de la petite vie criminelle de province.

L'assistance, c'est nous. Onze moins Gus égale dix. Pas d'animaux, la convocation était formelle. Dix moins trois égale sept. Plus l'avocat. Huit. Nous nous sentons aussi nus que Marie-Madeleine dans son hôtel de passe avant que Christ la remette sur le droit chemin, enfin, c'est ce qu'on dit. Nus et intimidés, forcément, sauf Adélaïde qui n'est là que sous la contrainte et qui s'est affublée d'une robe noire de veuve espagnole dont le col remonte jusqu'aux oreilles. Histoire de clamer haut et fort son indignation contre l'entreprise de mort qui frappe sa famille et son mépris pour l'engeance policière qui la séquestre.

— Mais maman, personne ne va t'enfermer, lui ai-je fait remarquer lorsque nous nous sommes retrouvés devant l'entrée du commissariat. Nous sommes juste convoqués en qualité de membres de la famille. La perquisition n'a rien donné, il n'y a rien pour nous inculper.

— Tu es bien naïve, ma fille!

Elle n'a plus ouvert la bouche depuis. Profitant de son mutisme, Charles, mon père, sur le conseil de son avocat, nous a exposé sa stratégie : nous nous taisons et il parle. Ça commence bien.

— Nous en sommes parfaitement conscients, monsieur le commissaire.

Avec une lenteur éprouvante, Boyer pose les deux mains à plat sur son bureau et se penche, ménageant avec soin le suspense.

— J'ai dû personnellement me saisir du dossier.

— Et c'est grave, ça? ne peut se retenir de faire remarquer Adélaïde.

— Très, confirme le fonctionnaire d'un air très grave.

Pour illustrer ses propos, il brandit un index boudiné, le pointe vers le plafond et se penche davantage vers nous.

— Ça vient d'en haut.

Avec un bel ensemble toute la famille lève la tête pour regarder le plafond, perplexe, même Adélaïde. L'index reste suspendu, tout le monde retient sa respiration, puis, comme il ne se passe rien d'extraordinaire, il redescend et atterrit sur le bureau où il retrouve sa place d'origine, suivi par huit paires d'yeux qui retombent fatalement sur le regard bovin de Boyer, apparemment satisfait de sa démonstration.

— Impressionnant! fait Adélaïde.

— Les faits tels qu'ils se sont déroulés sont absolument inqualifiables, poursuit Boyer sur sa lancée.

L'avocat se sent obligé d'intervenir.

— Mon client est innocent, plaide-t-il.

Le divisionnaire le dévisage comme s'il prenait seulement conscience de sa présence. Il se tourne vers Personne et l'interroge du regard.

— Maître Kléber, monsieur, avocat au barreau de Valence.

— Kléber...

Le visage de Boyer s'illumine. Il esquisse un demi-sourire.

— Bien, qu'est-ce que je disais, déjà ?

— Graves, en haut et inqualifiables, répond ma mère qui montre le plafond, puis le bureau.

— Oui, voilà, c'est ça, balbutie le fonctionnaire.

Qui cherche, cherche et cherche encore ce qu'il veut dire après. Nous sommes tous suspendus à ses lèvres, sauf Adélaïde que mon père retient de partir, sauf Personne qui m'observe et donc sauf moi qui lui rends son regard – yeux vert pêche contre yeux bleu acier, autant vous dire que ça fait des étincelles.

Qui cherche et qui finit par trouver, en tapant du poing sur la table :

— Où est Gustave ?

La question nous laisse sans voix. Mais pas l'avocat qui a désormais un nom, Kléber :

— Mon client est innocent.

Ni Adélaïde qui explose, se lève d'un bond et pointe un doigt accusateur sur la poitrine de monsieur le commissaire divisionnaire :

— Qu'est-ce que c'est que cette mascarade ?

— Je ne vous permets pas de me parler sur ce ton-là.

— Oh, ça va ! Je ne suis pas née de la dernière pluie, monsieur ! On m'a déjà fait le coup !

— Mais madame…

— Si c'est pour me rappeler que mon fils a disparu, ce que je sais déjà, ce n'était vraiment pas la peine de me faire venir.

Pris de cours, Boyer jette des coups d'œil désespérés en direction de Personne qui lève les mains, en signe d'impuissance. Ma mère saisit Kléber par le bras, le ramène à elle comme un enfant qu'elle s'apprêterait à gronder.

— Et puisqu'on est tous réunis, poursuit-elle, j'aimerais en profiter pour porter plainte.

— Quoi ? s'exclament simultanément toutes les personnes présentes, y compris Kléber et Personne.

— Pour disparition inquiétante d'un mineur de moins de seize ans, mise en danger de la vie d'autrui et divulgations à la presse de pièces supposées confidentielles du dossier par les forces de police chargées de l'enquête.

Kléber est le premier à retrouver ses esprits.

— Mon client est innocent !

Je l'apprécie de plus en plus, celui-là. Ses idées fixes le mèneront loin. Et puis les efforts qu'il fournit pour fourguer la seule formule qu'il connaisse par cœur forcent le respect.

Boyer est le deuxième.

— C… c… comment !

Il en perd toute dignité. Ça remonte de l'intérieur de ses entrailles, un grondement sourd semblable à un moteur diesel de tracteur au démarrage, puis ça se libère d'un coup, roulez tambours, trompez trompettes, zébrez éclairs. Boyer explose littéralement. Il tape des deux poings sur la table, à présent, et il retape et tape encore.

— Mais comment, madame ! Vous ne vous rendez pas

compte! C'est inadmissible! Jamais – entendez : «jâââ-maiiis!» – on n'a osé me parler sur ce ton! Il y a outrage, là, madame! Outrage! Et c'est grave, trèèès très grave!

Il fustige, Boyer. Il vitupère. Il s'insurge. Il ne pivoine pas, Boyer, il ne rosit ni ne groseille pas non plus! Il érubesce. Il écrevisse. Il écarlate. Il cramoisit. Il incandescent. Il éructe en se frappant la poitrine du poing comme le mâle dominant d'un groupe de gorilles pour affirmer sa supériorité.

Il s'égosille sur la présence de cette *smala* au milieu de *son* commissariat. Tout le monde recule.

Tout le monde?

Non.

Pas Adélaïde.

Qui atteint péniblement la moitié du quintal de son interlocuteur mais qui déploie à la face du monde et des autorités, représentées ici par le commissaire divisionnaire Boyer, toute l'étendue de son désarroi. Mot pour mot. Hurlements pour hurlements. Sans faillir. Folle de rage, au nez et à la barbe de son interlocuteur qui crie : «Arrêtez cette folle! Arrêtez cette folle!» Mais Adélaïde en a trop gros sur la patate. Plus rien ne peut l'arrêter. Ça fuse dans tous les sens. Elle retire ses chaussures à talons, remonte sa jupe de veuve, saute sur le bureau, s'accroupit pour saisir le commissaire par le col et le secouer.

Charles tombe à genoux, en adoration.

Ses cinq enfants présents tombent à genoux.

Kléber et Personne se retiennent, mais leurs yeux brillants trahissent leur sidération. Ils en pleureraient, nom de Dieu! Ils en pleurent, même!

Quelle leçon!

Non mais quelle leçon!

Un volcan en éruption, Adélaïde. Remontée de lave bouillonnante, chaos de roches en fusion. C'est le Piton de la Fournaise. On ne touche pas à ses enfants. On n'en a pas le droit. Parce qu'on ne les a pas portés. Elle en appelle à ses six grossesses – elle compte aussi les adoptions, dont les dossiers mettent parfois des années à aboutir. Aux milliards de femmes ayant dû supporter des milliards de grossesses et d'enfantements dans la douleur, depuis la nuit des temps. À mille, à dix mille, à cent mille, à mille millions d'années de domination masculine. Elle énumère les victimes de génocides des cinq mille dernières années, dresse la liste de toutes les injustices endurées par les femmes et leurs enfants. Elle est impitoyable, elle ne lâche rien, même quand des policiers en uniforme appelés en renfort l'attrapent, la menottent, la maintiennent à l'écart de Boyer, la tirent hors du bureau et l'enferment dans une pièce voisine d'où ses cris nous parviennent encore, pendant que des policiers l'interrogent.

— Nom, prénom, profession.

— Mort aux vaches!

— Nom?

— Mort.

— Prénom?

— Aux.

— Profession?

— Vaches!

Essoufflés, soufflés, impressionnés, bouche bée, nous nous retrouvons sur le parvis de l'hôtel de police, cinq minutes plus tard, sans Adélaïde, placée en garde à vue pour outrage à agent et suspicion de prise de produits stupéfiants, et sans notre père qui reste pour la paperasse et pour tenter de faire sortir notre mère.

Camille brise le silence.

— Ça, c'est fait!

Ce qui dans sa bouche ressemble à un compliment.

— Quelle révolutionnaire! dit Ferdinand.

— Elle place la barre hyper haut, admet Pacôme.

— Si j'osais parler comme ça à mon patron, commente Antoine.

— Waouh! je fais, incapable de trouver mieux.

Nous décidons d'investir le troquet d'en face pour nous remettre de nos émotions et nous tenir prêts à faire une standing ovation à Adélaïde quand elle sortira. Tournée générale au *Distingué*, le bar des flics de Tournon – qui a dit que la police n'avait pas le sens de l'humour? Pression pour tout le monde. Je siffle la moitié de la mienne, puis je sors fumer une cigarette en terrasse. J'y retrouve le lieutenant Personne, dont le vert pêche des yeux a viré au vert griotte.

— Sacrée femme, votre mère.

Je sens de l'admiration dans sa voix. Ça doit être l'origine du passage de la pêche à la cerise.

Je souris.

— Oui, hein!

Je lui propose une cigarette. Il refuse poliment. En dépit des consignes de Charles et de notre avocat, j'en profite pour lui dresser *mon* portrait de Gus et lui exposer ma théorie sur le braquage. Bien sûr, je ne dis pas un mot à propos d'Antoine, du sac de croissants et de mes hypothèses sur l'endroit où pourrait se trouver Gus – pactiser avec l'ennemi, ce serait trahir Adélaïde. Pas d'envolées lyriques, pas de poètes, ni Rabelais, ni Érasme. Je reste sobre et précise. Factuelle, diraient les manuels de police. Personne m'écoute avec attention, sans m'interrompre ni faire de commentaires. Il ne sort pas son petit calepin noir, mais il enregistre tout, je le sais, et je devine aux variations infimes de ses pupilles qu'il me croit. Je sens dans mon dos le poids des regards de mes frères et sœur, à travers la vitrine du bar. Je conclus par les mots de Kléber :

— Gus est innocent.

— C'est ce que je pense aussi, dit-il, sans me quitter des yeux.

— Vous ne dites pas ça pour me faire plaisir, n'est-ce pas ! Il rougit, c'est mignon.

— Reste à le prouver, ajoute-t-il. Sale affaire…

Le charme est rompu. Il le sent, s'excuse, il doit y retourner, me laisse sa carte.

— Appelez-moi si vous avez la moindre information.

Je l'observe s'éloigner à grandes enjambées sportives en direction du commissariat. Son pantalon de toile lui dessine un petit cul admirable. Je me retiens de le suivre pour vérifier si c'est aussi agréable à toucher qu'à regarder. Je fourre la carte dans la poche de mon jean et retourne finir ma pression.

— Alors ?

— Qu'est-ce qu'il a dit ?

Je ne réfléchis pas longtemps avant de répondre :

— *On a hot summer night, would you offer your throat to the wolf with the red roses?*

Camille fronce les sourcils, façon : « Hé oh ! Option espa-

76

gnol, tu te souviens ?» Pacôme, qui, en plus de l'anglais, maîtrise également l'espagnol, le latin, le grec, le serbo-croate et l'allemand, assure la traduction pour le reste de la fratrie en riant :

— Par une chaude nuit d'été, offrirais-tu ta gorge au loup aux roses rouges ?

Ferdinand pouffe. Antoine nous regarde comme si nous étions tous cinglés. Camille lève les yeux au ciel et commande une autre bière.

— Vous êtes tous cinglés, ma parole !

Charles nous rejoint trois heures et six tournées générales plus tard.

— Ils refusent de laisser sortir votre mère, parvient-il à dire avant de craquer dans les bras de Ferdinand, passablement beurré, qui me lance des œillades désespérées, du genre : «Comment on fait pour remonter le moral de son papa ? avec ses bras ?»

Décidément, les hommes sont touchants aujourd'hui, et les femmes, épatantes, vus de tout là-haut, sur la Terre où ils se débattent.

8

Mon petit frère en fuite, ma mère en garde à vue pour outrage à un représentant de l'ordre, ainsi que coups et blessures. Disons que ma famille a connu des jours meilleurs.

L'effet euphorisant de la Heineken retombe comme un soufflé à notre retour à la maison. Les aboiements joyeux de Kill-Bill et les miaulements des chats n'y changent rien. L'ambiance vire à l'aigre.

Malgré les profondeurs insondables de son chagrin, Charles essaie de booster le moral des troupes. Il propose de mettre un peu de musique, arguant qu'Adélaïde n'aimerait pas nous savoir défaits.

— C'est dans l'adversité qu'on reconnaît les braves.

— Mort aux veaux! paraphrase Antoine.

— Aux vaches! corrige Ferdinand.

— Et mon cul, c'est du poulet! marmonne Camille.

— Très élégant, commente Pacôme avec sobriété.

Ferdinand prépare une platée de spaghettis *al pesto*. Pacôme vérifie le temps de cuisson, à la seconde près. Mon père compte les minutes loin de sa dulcinée et ressort ses quatre 33-tours. Vieille coutume de veillée familiale. *After-*

math des Rolling Stones. La BO de *West Side Story*. Le *Requiem* de Verdi. Et *Guilty*, l'album rose bonbon mièvre qui réunit en 1980 Barbra Streisand et le chanteur des Bee Gees. Je prie secrètement pour Verdi. Camille réclame Natalie Wood. Ferdinand ne jure que par Keith Richards. Mon père larmoie en direction d'un portrait de ma mère encadré au-dessus du tourne-disque. Mauvais signe. Il opte pour le rose bonbon mièvre. *Argh !* Kill-Bill court se coucher devant la chaîne hi-fi dès que la voix de castrat de Barry Gibb s'élève, signe qu'il valide le choix, et se met à hurler à la mort – le chien ou Barry, franchement, je ne fais pas la différence. La digestion de String-Doré lui file des symptômes bizarres. D'habitude, il réserve ses hurlements béats à Ronnie James Dio, à Joe Strummer et à Jim Morrison. Je qualifie intérieurement son revirement disco en crime de lèse-majesté, option haute trahison.

— Il faudrait peut-être consulter un vétérinaire.

— Ou directement un psy canin, ajoute Ferdinand qui se débat avec le bouchon d'un pot de basilic séché à l'aide d'un tire-bouchon.

Reste Antoine qui essaie de jouer la fille de l'air. Camille et moi tentons de l'encercler pour le coincer dans un coin façon *Fort Bravo*. Je joue William Holden, Camille est une Eleanor Parker parfaite – la blondeur en moins, elle a ce même petit air mutin, si, si ! Avec la mine coupable qu'il se traîne, Antoine a largement de quoi mimer un camp de prisonniers sudistes à lui tout seul. Comprenant à nos œillades entendues qu'il crève l'écran, il bat en retraite dans sa piaule, le temps que les pâtes cuisent. Nous le suivons en catimini. Nous nous répartissons les rôles de notre superproduction en chemin. Je monte la garde, Camille gère l'interrogatoire avec subtilité, une main de fer dans un gant de fer, son côté thatchérien.

Je m'occupe aussi des bruitages.

— *Toc, toc!*

— Je suis occupé.

Camille entre en scène. Moteur et… action!

— Dis donc, espèce de faux-cul, y a pas un truc que t'aurais oublié de nous dire, des fois?

Au temps pour la subtilité.

— C'est pas moi, j'te jure! plaide-t-il illico.

— Décidément, c'est une manie.

Mot pour mot les propos de Gus au téléphone, ce matin. À croire qu'ils ont répété ensemble.

Eleanor Parker se fait Lee Van Cleef dans *Le Bon, la Brute et le Truand*.

— Où est Gus, Antoine?

— J'en sais rien.

Camille toussote et se plante sous le nez d'Antoine, adoptant cette voix mielleuse trisyllabique sur laquelle elle a bâti sa réputation de spécialiste *ès* tortures :

— Où-est-Gus?

Trois, le compte y est. On s'attend à ce qu'elle lui tende une pelle pour creuser sa propre tombe. Et moi dans le rôle de Blondin : «Tu vois, Antoine, le monde se divise en deux catégories, ceux qui ont un pistolet chargé et ceux qui creusent. Toi, tu creuses…» Clap de fin.

Antoine se gratte le cou.

— Un squat désaffecté, près de la ligne de chemin de fer,

rue des Carrières. Il m'a appelé cette nuit pour que je le couvre, histoire de ne pas inquiéter les parents.

— C'est réussi!

— Il devait être rentré ce matin! proteste-t-il.

Camille augmente la pression.

— Mais il n'est pas rentré!

Antoine s'étrangle.

— Non.

J'interviens :

— Tu as dit qu'il *devait être rentré ce matin*. Donc, il était libre de ses mouvements au moment où tu l'as eu, c'est bien ça?

— Oui.

— Alors il a participé de son plein gré au braquage?

— Non.

— Antoine, fais un effort, je ne comprends rien.

— Écoute, il m'a rappelé vers six heures pour me dire que les choses s'étaient compliquées. Il avait faim. Il m'a dit où il était et il m'a fait promettre de ne rien dire aux parents. J'étais dépassé, alors je lui ai dit de voir avec Rose, vu que Ferdinand et Pacôme partaient sur Grenoble. Il a juré de le faire.

Camille pivote vers moi, écœurée.

— C'est vrai, ça? Gus t'a appelée?

— Oui, mais…

Aïe. Voilà que le cou me démange aussi, maintenant! Antoine sent le vent tourner en sa faveur et me jette un regard faussement courroucé.

— Et tu ne dis rien?

Je lève les bras en signe de reddition.

— Sept appels en absence sur ma messagerie. Pas le moindre message. J'étais avec maman quand il a rappelé une huitième fois. Je ne cache rien à personne.

— Mouais…

Camille revient à Antoine qui se croyait libéré sous caution et bouclait déjà ses valises.

— Tu l'as vu ?

— Pas longtemps.

— Comment il va ?

— Il crève de trouille, il ne sait pas quoi faire, voilà comment il va.

J'interviens :

— Il t'a dit quelque chose sur ce qui s'est passé cette nuit ?

Antoine secoue la tête d'un air désolé. Des bruits de pas résonnent derrière moi. Volte-face. Ferdinand déboule dans le couloir. Je me mets en travers de la porte, tel le général Cambronne commandant le dernier carré de la Vieille Garde à Waterloo dans *Les Misérables*. La garde meurt mais ne se rend pas. Ferdinand fait dans la philosophie marxiste. Hugo, très peu pour lui. Il perce aussitôt notre félonie à la façon dont Antoine fixe la pointe de ses chaussures. Il me repousse comme un vulgaire hussard napoléonien de pacotille et s'engouffre dans la chambre.

— Merde ! fais-je.

— Que se passe-t-il ici ? s'enquiert-il.

Je ne meurs pas et me rends, soucieuse d'éviter le déclenchement d'une nouvelle guerre mondiale.

— Antoine sait où se cache Gus.

— C'est pas vrai !

— On y va ! ajouté-je.

— Quand ?

La question est pertinente et mérite réflexion. Nous optons pour une visite après le repas, une fois Charles retourné au commissariat pour essayer de faire sortir Adélaïde. Reste l'épineux problème du secret de l'opération. Faut-il ou non affranchir Charles, Pacôme, voire les flics ? L'avocat déniché par notre père n'est pas une flèche, mais son conseil semble bon : Gus doit se rendre pour que toute la vérité puisse être faite sur l'affaire et qu'il soit innocenté.

— Même s'il est *un peu* coupable ? hasarde Camille.

Un silence embarrassé accueille son hypothèse. Personne n'a pensé à ça. Elle n'a pas tort. Se rendre lorsqu'on est blanc comme neige n'est déjà pas toujours une sinécure, Dreyfus peut en témoigner, il s'en est finalement tiré ! Par contre, se rendre avec la conscience pas nette reviendrait à coup sûr à se jeter dans la gueule du loup.

Camille est catégorique :

— Je ne suis pas une balance.

Je lui chope le bras.

— Gus est innocent, mets-toi bien ça dans le crâne.

Mais je vote tout de même pour la discrétion stratégique jusqu'à nouvel ordre. Antoine valide, tant que ça ne le mouille pas. Ferdinand qui a le sens des responsabilités, vu que c'est l'aîné, revoit l'ambition de notre plan à la baisse.

— On va voir si Gus est toujours là-bas, puis on le ramène ou on prévient papa.

— Et les flics ?

— Charles et Adélaïde décideront.

Les cris de Pacôme nous interrompent en plein serment. Les spaghettis sont cuits. *Al dente*, hurle Charles derrière lui,

83

avec un entrain forcé, histoire de nous culpabiliser. Nous quittons tous la chambre, sauf Antoine, pétrifié.

— Quoi?

— Il y a autre chose.

Il extrait de sa poche un paquet de billets et de ferraille qu'il déverse sur son lit.

— Mille huit cent vingt euros soixante-treize.

— C'est ta part du braquage? siffle Camille, admirative.

— Nom de Dieu! murmure Ferdinand. Planque ça!

Antoine secoue la tête.

— C'est mon patron.

Je crois deviner.

— Il t'a payé tes deux mois de salaire en retard?

— Plus le mois en cours. Tarif apprenti, 41 % du SMIC.

— Tu le lui as demandé?

— Non. C'est lui. Dès qu'il a su pour Gus. Même le sac.

— Celui que tu tenais quand je t'ai vu sortir, ce matin?

— Il m'a dit : «Les croissants, c'est cadeau, pour ta famille, ça me fait plaisir.»

J'éclate de rire.

— Il a pris Gus pour Tony Montana ou quoi?

Antoine n'a rien à répondre à ça. Il contemple son pactole, pas très fier de lui. Sûr qu'il n'a jamais vu autant de fric à la fois! Ça lui ouvre des perspectives. D'un autre côté, c'est un peu comme s'il s'était fait du fric sur le dos du malheur de Gus.

— Cet argent, il te le devait.

— Je sais.

— Tu n'as pas à avoir honte.

— Je sais aussi.

— Mais ?

— Peux pas m'empêcher de penser que ce fric est sale.

J'acquiesce gravement. Gus et Antoine sont frères de sang. Ils ont vécu des trucs crades dans les rues de Bogotá avant que la famille Mabille-Pons les accueille en France. Ils avaient d'autres prénoms à l'époque, des vies radicalement différentes. Des vies dures. Qui ne tenaient qu'à un fil. Les nombreuses cicatrices sur leur crâne en disent long sur les règles auxquelles ils obéissaient. Gus était un gosse de trois ans. Il ne se souvient de rien. À son arrivée, Antoine ne voyait presque plus rien, rongé par la toxoplasmose. Des maladies qui se guérissent, ici. Pas là-bas, dans la rue. Parce que des connards en ont décidé ainsi. Antoine était l'aîné, quasiment un adulte, malgré son jeune âge. Dieu seul sait ce qu'ils ont traversé tous les deux.

Va savoir pourquoi, je comprends mieux la colère d'Adélaïde, après ça.

Et du coup, ça devient un peu la mienne aussi.

Camille se faufile entre nous, pose une main compatissante sur l'épaule d'Antoine et remet les pendules à l'heure :

— Combien tu me files pour t'absoudre de tes péchés ?

9

Nous arrivons rue des Carrières galvanisés comme des bombes de peinture anticorrosion. Gonflés à bloc du sentiment noble et pur que, quoi qu'il advienne, nous aurons fait notre part de boulot. Les halos blanchâtres des lampadaires jettent nos ombres déterminées en pâture au bitume d'une impasse sordide. C'est tendu et émouvant comme du Martin Scorsese mâtiné de Woody Allen.

Nous sommes trois.

Camille. Qui n'a jamais été autant excitée depuis la fois où elle a appris qu'un type de son lycée avait décapité sa famille à la hache… Information qui s'est révélée fausse, la mèche ayant été vendue par les parents eux-mêmes, des gens très bien, la tête sur les épaules, venus démentir officiellement auprès du proviseur. «Le mec était mytho, mais peu importe, c'est le frisson qui compte, pas vrai!»

Alors Gus, là, par cette nuit d'ombres et de brouillard, elle ne louperait ça pour rien au monde.

Ferdinand, la caution morale et les pieds sur terre.

Et moi.

23 h 18. Nous suivons les consignes d'Antoine à la lettre.

Nous escaladons le muret du numéro 2, longeons une palissade vermoulue, manquons de nous faire bouffer par le clébard qui règne sur les lieux, grimpons sur un autre muret et sautons dans une cour envahie de mauvaises herbes. Le squat où se planque notre frère se trouve dans la baraque du fond.

Nous nous faufilons à l'intérieur. Volets défoncés, carreaux aux fenêtres cassés, murs tagués, matelas moisi posé à même le sol, déjections de rats, bris de verre un peu partout, miettes de croissants dans un coin : un modèle du genre.

— C'est pourri, ici! résume Camille, déçue.

Je confirme :

— C'est sûr que ça ressemble plus à *Moi, Daniel Blake* qu'à *Scarface*.

La vérité nue.

Beaucoup moins excitante.

Je compose le numéro de Gus pour l'avertir de notre arrivée, tombe directement sur sa messagerie : «Allô? Allô? Allô? Allôôô?... Nan, je déconne!...» Je rempoche mon portable.

Ferdinand m'interroge du regard. Je secoue lentement la tête.

— On aurait dû prévenir papa.

Camille prend moins de précautions.

— Gus! Oh, Gus! T'es là? crie-t-elle.

Une main apparaît dans l'encadrement de l'une des portes du rez-de-chaussée, suivie d'un bras, puis d'une tête maintenant célèbre dans toute la ville.

— C'est vous?

Je me précipite, la larme à l'œil. Gus nous tombe dans les

bras, puis se jette sur les spaghettis tièdes que nous lui avons apportés.

— Merde, je suis sacrément content de vous voir !

Ma bouche s'ouvre pour lui dire que, moi aussi, bon sang, je suis vraiment heureuse et soulagée de le retrouver, après ces longues heures d'angoisse, et que les parents aussi vont être rassurés quand on va le ramener, qu'Adélaïde s'est conduite en héroïne, qu'il peut être fier de sa famille, qu'il ne craint plus rien, qu'il est sauvé, qu'on va le sortir de ce guêpier, mais là, tout de suite, rien ne sort parce que la seule chose que je vois, c'est Gus, terrorisé, à l'affût du moindre craquement, des hématomes sur les bras et au visage, une coupure à l'arcade sourcilière et des croûtes de sang séché sur les phalanges, et je peux vous dire que si je tenais les salauds qui ont fait ça…

Les mots sortent, finalement, de la bouche de Ferdinand :

— On arrête les conneries. On se tire de là et on rentre tous à la maison.

— Non ! je m'écrie avec l'énergie du désespoir.

— Non, surenchérit l'écho de ma voix, amplifié par les murs du couloir.

Tout le monde sursaute, y compris mézigue. Gus se recroqueville sur lui-même. Je m'interpose entre lui et Ferdinand, torse bombé, la rage chevillée au corps.

— Pour le jeter en pâture à la police et à la vindicte populaire ?

— Ça fait beaucoup de gros mots dans une même phrase, fait remarquer Camille.

Ferdinand est perplexe.

— Je n'avais pas pensé à ça.

— Je ne serai pas complice du lynchage de notre frère.

Gus acquiesce avec frénésie. Je croise les bras. Camille oscille. Ferdinand dodeline.

— Papa décidera, déclare-t-il. Je vais le chercher.

Camille brandit son smartphone et immortalise la scène. Flash !

— Pour montrer à papa qu'on ne ment pas, dit-elle avant d'ajouter : Je viens avec toi, ça pue ici, et j'ai mon bac de français à réviser !

Des larmes lui brouillent la vue. Elle m'émeut, ma sœur. Un peu de compassion sommeillait donc dans les tréfonds de son âme. Il suffisait de l'en extraire et de la décrypter. Champollion n'était qu'un amateur.

Je les presse.

— Allez, allez !

Circulez, y a rien à voir ! Ils disparaissent aussitôt. La pièce paraît plus grande et plus sinistre, sans eux. Je frissonne en pensant que Gus se terre là depuis l'aube. Je m'avance pour l'embrasser. Il grimace un sourire, révélant une incisive cassée, avant d'engloutir le reste de pâtes *al pesto* d'une bouchée.

Je lui passe la main dans les cheveux.

— Je me suis tellement inquiétée pour toi, Gus.

— J'ai peur, Rose.

— Dis-moi ce qu'il s'est passé.

Je m'accroupis face à lui.

— C'était qui, ces deux types ?

Gus avale tout rond.

— J'avais rendez-vous avec une copine, Lola, une copine de classe. J'ai fait le mur et on est allés en boîte.

— Et Antoine devait te couvrir.

Il acquiesce.

— On s'est bien amusés, mais après, il a fallu que je la raccompagne chez elle, au sud de Tournon. Alors que je rentrais, une voiture est passée, ces deux types en sont sortis, cagoulés. Je me suis débattu, le plus petit des deux s'est défoulé sur moi, le plus grand a dit qu'ils connaissaient ma famille, qu'ils savaient où on habitait, qu'ils allaient violer ma mère et mes sœurs et tuer tout le monde si je ne me laissais pas faire. Ensuite, ils m'ont fait monter dans leur voiture et se sont garés devant le bureau de tabac. Tu connais la suite…

Il déglutit.

— Après ça, le plus grand m'a dit qu'ils m'emmenaient avec eux. Le mec du bureau de tabac pissait le sang, par terre, devant nous, j'ai paniqué, j'en ai bousculé un et j'ai réussi à me tirer. Et me voilà ici.

— C'est tout ?

— C'est déjà pas mal, je trouve.

— Pourquoi est-ce que tu n'es pas rentré à la maison ?

— La trouille qu'on ne me croie pas et qu'on ne retrouve jamais les deux cagoulés, le coup du mec mat de peau qui a toujours le sale rôle, la peur qu'on me renvoie en Colombie…

— C'est n'importe quoi !

— Je sais.

— Et ces types, ils ne t'ont rien dit d'autre ?

Il secoue la tête.

— Tu as pu voir leur tête, au moins ?

— Non.

— Reconnu leur voix ?

— Non plus.

Comme défense, on a vu mieux.

— Et la voiture? C'était quoi, la voiture?

Cette fois, Gus sourit à pleines dents – correction, une incisive cassée *et* une canine manquante.

— Ça, je sais… Une Opel Manta blanc écru. Modèle A, coupé, 105 chevaux sous le capot, moteur essence de 1 900 cm³, système de refroidissement intégré sur le capot avant, jantes chromées d'origine, pneus 195/70 R13, volant Nardi Classic en acajou, tulipage 350 mm, sièges baquets imitation cuir vieilli et tableau de bord en noyer. Produite entre 1972, 1973, je dirais. Pas après 1975, en tout cas, je suis formel.

Je siffle, épatée! Moins pour la caisse, je n'y connais absolument rien et je m'en fous, que pour le savoir automobile de mon frère. Quand je pense qu'il suffirait qu'il y ait histoire de l'automobile en matière principale au collège pour qu'il double sa moyenne!

— Et c'est bien, ça?

Gus s'ébaudit.

— Une petite merveille. Ça chasse sur les petites routes, à cause de la propulsion, mais en ligne droite, ça fait un boucan d'enfer!

Puis il se renfrogne.

— Tu me crois, hein?

— Pour la bagnole?

— Non, pour le braquage.

Un train de marchandises passe sur la voie ferrée, juste derrière le bâtiment. Dans la pénombre, juste percée par la lumière de mon portable, on dirait cette scène dramatique du film *Seven*, capitale selon moi, où l'épouse enceinte de Brad Pitt invite son collègue inspecteur de police, joué par Morgan Freeman, à dîner chez eux et où les vibrations du métro aérien les obligent à tenir leurs assiettes et leurs verres de vin français pour qu'ils ne tombent pas de la table, pendant que les deux clébards de Pitt hurlent à la mort. La jeune femme finit avortée et décapitée – pas à cause du métro, mais tout de même! Sensations identiques ici. Les murs et le plancher du squat se mettent à vibrer, puis à trembler, de la sciure se déverse sur nos têtes et le molosse du jardin d'à côté aboie à s'en péter les molaires. Les ressemblances avec le film de David Fincher sont troublantes, la piquette rose bonbon et la niaiserie dégoulinante du rôle tenu par Gwyneth Paltrow en moins. Questions de cinéphile : à quels péchés capitaux correspondent nos deux braqueurs? Ont-ils laissé des carnets derrière eux? Des preuves qui permettraient d'innocenter mon frère?

Je dois crier pour répondre à Gus.

— Bien sûr, que je te crois.

— Jure-le!

Je crache et désigne la porte du pouce, derrière moi.

— On n'a qu'à les attendre dehors.

C'est alors que sept évènements se produisent simultanément.

Gus blêmit, ce qui n'est pas chose aisée dans l'obscurité quand on a le teint mat.

Il écarquille les yeux.

Le train s'éloigne enfin.

Un souffle d'air chargé de poussière vient me caresser la nuque.

Mon crâne explose.

Le chien cesse d'aboyer pour hululer comme une chouette effraie.

Le plus mystérieux pour la fin : l'obscurité totale s'abat sur la pièce alors que mon portable est toujours allumé.

Après ?

Eh bien après, je ne me souviens de rien.

Je me réveille avec, en tête, *The Hearts Filthy Lesson* de David Bowie chanté par un duo Michel Delpech / Céline Dion, main dans la main à l'avant du *Titanic* après l'épisode de l'iceberg, ainsi qu'une furieuse envie de me jeter séance tenante par la fenêtre du rez-de-chaussée pour que cesse la migraine qui me laboure le lobe temporal, occipital antérieur, pariétal, temporal supérieur et inférieur, frontal, le cervelet et le gyrus post-central. Pas moins, soyons précis.

À ma droite, Ferdinand est penché au-dessus de moi, l'air inquiet et responsable. À ma gauche, Charles me tient dans ses bras et me berce comme lorsque, enfant, il me laissait monter sur ses genoux pour me raconter la version argotique de la fable du Corbeau et du Renard, « Maître Corbac, sur un feuillu planqué, tenait en son bec un coulant baraqué… » Face à moi, Adélaïde, les traits tirés, une et indivisible comme la Nation, belle comme jamais.

Sa voix est lointaine, telle la lumière blanche au bout du tunnel :

— Ça va ?

— Je ne vais pas te mentir : bof.

— Où est Gus ?

La question à mille points de la semaine.

10

Allô Houston, ici la Terre : l'interphone high-tech du commissariat grésille comme s'il était sur le point de rendre l'âme.

— Encore vous ?

Je tangue sec, avec cette impression, tenace, que la planète est sortie de son orbite solaire, tournoyant dans tous les sens aux confins de la galaxie, et que les lois de la gravité se sont inversées. L'Apocalypse est proche. Le Jugement dernier, une question de minutes. Mes jambes flageolent. Mon mal de crâne s'est maintenant étendu jusqu'à mes orteils. Je m'accroche à Ferdinand.

En mère Courage, Adélaïde se poste face à la petite caméra, mains sur les hanches, dents serrées et poings fermés.

— J'ai oublié ma brosse à dents, la dernière fois.

Clic.

La porte blindée s'ouvre en grinçant sur ses gonds. Nous nous engouffrons à l'intérieur. Le troufion de garde affiche la cinquantaine bien tassée, une moustache façon Tom Selleck, une impeccable raie sur le côté et la tête de quelqu'un qui ne pensait pas que la vie passerait si vite. Il se souvient de ma mère. Il a reçu des consignes strictes de la part de sa hiérarchie. Il l'accueille avec les honneurs dus à son rang.

— Tout le monde dort. Vous ne préférez pas revenir demain ?

— J'aime battre le fer tant qu'il est encore chaud.

Le policier soupire avec lassitude. La nuit s'annonçait pourtant sous les meilleurs auspices. Il glisse avec précaution un stylo-bille à la page du magazine qu'il était en train de lire avant notre arrivée, le referme et le pousse sur le côté.

Ses paupières papillonnent.

— C'est pour quoi ?

— Une plainte.

— Décidément, c'est une idée fixe.

— Enlèvement avec probable séquestration et agression caractérisée.

— Rien que ça !

Adélaïde n'est pas d'humeur à plaisanter.

— Je veux voir le divisionnaire Boyer sur-le-champ.

— Vous êtes sûre ?

— J'ai l'air d'hésiter ?

Le policier se penche sur la droite, déportant son regard sur mon père, comme pour dire : «Dites-lui, vous…» Charles se réfugie courageusement derrière Adélaïde, me laissant seule dans le champ de vision. Prise d'un haut-le-cœur, je vomis sur le carrelage immaculé du hall d'entrée. Le fonctionnaire se dresse sur la pointe des pieds par-dessus son comptoir pour admirer mon œuvre d'un œil désabusé. Son attention se reporte ensuite sur moi, puis sur ma mère. Il se rassied finalement et saisit le combiné de son téléphone.

— Si je comprends bien, c'est une urgence.

95

— On va dire ça.

— Je vais voir ce que je peux faire, grommelle-t-il en tapotant sur son clavier.

— On ne vous en demande pas tant.

Ma tête tourne toujours. Charles me prête son mouchoir fétiche en tissu pour que je m'essuie. Le policier lève les yeux au ciel et nous tourne le dos. Je me mouche bruyamment et me tâte le cuir chevelu. La bosse que j'ai sur la nuque a pris les proportions d'un œuf de poule.

— Maman, je me sens mal…

— Pas maintenant, ma chérie.

— Maman…

Pas le temps de poursuivre. Je remets ça sur le carrelage plus vraiment immaculé.

Adélaïde se retourne vers moi d'un air dépité.

— Tu as toujours été fragile.

Elle passe derrière moi pour m'ausculter. Elle prend son temps. Le fonctionnaire, qui entre-temps a réussi à joindre quelqu'un, déniche un seau, un balai et une serpillière, puis les lui tend.

— Vous plaisantez, j'espère! dit-elle, placide.

Le pauvre homme lance un regard désespéré en direction du sol. Je le soupçonne d'espérer que mon forfait se soit évaporé dans l'intervalle. Mon père se porte à son secours.

— Laissez, je m'en occupe.

Le policier l'observe manipuler le balai-brosse avec virtuosité, comme s'il effectuait une cascade sans doublure pour le prochain James Bond. Charles s'applique, frotte et récure jusqu'à ce que ça brille. Problème, le carré qu'il vient de nettoyer révèle que le reste du carrelage n'était pas si imma-

96

culé que ça. Ça fait tache de propreté. Ça jure. Le fonctionnaire est ennuyé. Si c'est pas Dieu possible, des embêtements
pareils, à moins de dix mois de la retraite ! Mon père lui fait
remarquer qu'il connaît une société de nettoyage qui peut
lui ravoir son carrelage pour pas cher et dans des délais
défiant toute concurrence. L'autre note l'adresse, mais ne
promet rien, ce n'est pas lui qui décide. Il désigne le plafond
du doigt d'un air entendu – c'est un truc de flic, je crois.
Quatre étages remplis de supérieurs hiérarchiques, plus le
Saint-Père, tout en haut, à sa droite, le commissaire divisionnaire Boyer, et tout en bas, les troufions, comme lui. En
dessous ? Il sourit. Le peuple et ses démons, monsieur
Mabille. Les flammes tentatrices et dévorantes des profondeurs infernales. Les deux hommes se lancent ensuite dans
un débat animé et néanmoins cordial sur la bataille féroce
que se livrent les agences d'entretien pour l'octroi de mar-
chés publics, les propriétés dégraissantes et écologiques du
vinaigre blanc, et la belle-sœur dudit policier qui ne jure que
par le bicarbonate de soude.

Adélaïde dépose un baiser sur mon front. Les résultats de
son analyse sont sans appel.

— Tu n'as rien.

Puisqu'elle le dit…

Dix minutes s'écoulent. Adélaïde se mêle au débat qui
dérive sur la place de la femme dans la cellule familiale. Sa
position est définitive. Les femmes ont déjà donné. En
réponse à des millénaires de patriarcat, le seul équilibre qui
tienne réside dans l'inversion des rôles. Ni plus ni moins.
Les hommes aux fourneaux et aux tâches ménagères. Les
femmes à la pipe, à la mécanique et aux affaires. Charles et

Ferdinand protestent mollement, pour la forme. Le policier retourne discrètement à son magazine, *Liaisons*, numéro 111, *Le fait divers à la loupe*, tout un programme. Je ne vomis plus. La porte blindée grince et claque. Entrée fracassante du lieutenant Vert-Pêche en personne, main tendue.

— Le commissaire me prie de bien vouloir l'excuser.

Je minaude, feignant d'être prête à tomber dans les vapes. Ferdinand me tient par le bras. Mon père serre la main tendue. Ma mère croise les bras en signe de protestation.

— Vous ne voulez pas qu'on se tape la bise, tant que vous y êtes !

Personne encaisse sans broncher.

— L'enquête est au point mort, constate-t-il.

— On ne vient pas pour vous demander des nouvelles mais pour en donner.

— Je ne comprends pas.

— Nous avons retrouvé Gus.

Adélaïde brandit le portable de Camille. Personne se penche, éberlué. Accroupi le nez dans une assiette remplie de spaghettis, mon petit frère crève l'écran dans un remix de *La Belle et le Clochard* avec Brigitte Bardot chantant *La Madrague*, version coquards et hématomes. En arrière-plan, Ferdinand et moi. Ne manque que le journal en premier plan avec la date du jour. Personne capte le message cinq sur cinq.

— Où est-il ?

— On l'a reperdu.

— Il s'est à nouveau enfui ?

— Vous êtes débile ou vous le faites exprès ?

— Madame, je…

Adélaïde ne le laisse pas terminer sa phrase.

— Ma fille, ici présente, a été violemment agressée alors qu'elle tentait de tirer héroïquement son frère des griffes des dangereux malfaiteurs que vous auriez dû arrêter depuis longtemps. Elle souffre probablement d'une commotion cérébrale dont on ne mesure pas encore les conséquences à long terme. Par ailleurs, mon fils, affamé et roué de coups, a été enlevé.

— Pour la deuxième fois ?

Je pouffe malgré la gravité de l'énoncé. Ma mère hoquette.

— Sachez que je vous tiens et vous tiendrai personnellement pour responsable de ce qui est arrivé et de ce qui arrivera du fait de *votre* incompétence et de celle de *vos* services.

Personne se raidit, prêt à défendre son honneur, ce qui est louable mais peu judicieux. Un ange passe. Le préposé à l'accueil se tasse derrière son comptoir. Au-dessus de sa tête, la grande aiguille de l'horloge murale hésite à rebrousser chemin. La pente est savonneuse. Je connais ma mère. Elle s'apprête à balancer la liste de toutes les bavures policières et erreurs judiciaires des dix dernières années. Je la vois déjà rembobiner son petit film d'images INA-Police sur fond d'usages abusifs de matraques télescopiques, de Flash-Ball, de grenades de désencerclement et de lacrymos, décidée à témoigner pour les milliers de victimes silencieuses, quitte à vendre son âme au diable – « Légion est mon nom, car nous sommes plusieurs ! », Marc, chapitre V, verset 9. Le lieutenant Vert-Pêche ne fera pas le poids dans le procès-fleuve de sa profession. Les faits parlent contre lui. Il ouvre pourtant la bouche pour répondre, mais je décide de le sauver d'une noyade certaine.

— Je vais vous raconter tout ce que je sais, murmuré-je d'une voix souffreteuse.

Tout y passe :

En vrac, le squat, les rats, la voie ferrée, les murs qui tremblent, les pâtes *al pesto* tièdes, les deux cagoulés, le grand idiolecte, le petit teigneux, l'Opel Manta blanc écru modèle A, ma botte secrète, l'innocence de Gus, mon frère Ferdinand volant à son secours, le coup vil et lâche sur ma nuque, les violences faites aux femmes, la Terre sortie de son orbite, l'élection surprise de Donald Trump, l'élection présidentielle qui approche à grands pas, un mois tout rond, le bilan armageddonesque du quinquennat, le prix de la bière pression, l'inquiétude sourde d'une mère qui sauve des vies tous les jours, la détresse notariée d'un père de famille nombreuse, Jean de La Fontaine et David Bowie, puis les deux types qui ont retrouvé la trace de Gus et qui l'ont enlevé une deuxième fois.

Que je termine par un vibrant :

— Retrouvez mon frère, lieutenant, je vous en supplie, et arrêtez ces salauds !

Ferdinand se retient d'applaudir, Charles essuie une larme, le policier de garde renifle d'émotion, la grande aiguille de l'horloge s'est définitivement arrêtée sur le chiffre six comme deux et deux font quatre et Adélaïde se recoiffe.

— Pas mieux, conclut-elle.

Et de tourner les talons.

— Je vous attends dans la voiture.

Au grand soulagement des forces de police en présence, il faut bien l'avouer.

— Mais je reviendrai! crie-t-elle avant que la porte se referme sur elle.

Adélaïde a un don pour les sorties réussies. C'est son côté «Il y a malgré vous quelque chose que j'emporte, et c'est… C'est?… Mon panache!», vous ne trouvez pas?

Charles est plus prosaïque.

Efficace, à sa manière :

— Bon, vous l'enregistrez, cette fois, ce dépôt de plainte?

Nous grimpons au troisième étage, celui des officiers, pour une séance shooting et traitement de texte. Vert-Pêche exhibe un appareil photo et demande à Charles et Ferdinand de bien vouloir attendre dans le couloir le temps qu'il m'interroge. La porte refermée, je montre mon meilleur profil. Il me tire le portrait sous toutes les coutures, puis me demande de bien vouloir dérouler pour lui le fil de ma nuit mouvementée. Je m'exécute. Ça nous prend une bonne heure et demie. Il assassine son clavier azerty, lettre par lettre, à deux doigts, chaque mot de mon récit, avant de me faire relire, parapher, signer, et de me tendre sa carte.

— Si jamais quelque chose vous revient.

Je la saisis.

— C'est la troisième carte que vous me donnez.

— Vous m'accusez de gaspiller l'argent public?

J'esquisse un sourire.

— On en discutera ce soir chez la coiffeuse.

— Vous connaissez Vanessa?

— Nous sommes associées.

Il n'en revient pas.

— Les poèmes, c'est vous?

Il fait ce truc avec son sourcil droit et cligne des yeux. Trois fois. Trois nuances. Vert pêche. Vert griotte. Vert groseille.

Je ne flanche pas.

— On peut se tutoyer?

— Je t'en prie.

— Retrouve Gus, s'il te plaît.

Nous nous frôlons quand il ouvre la porte pour que Ferdinand puis mon père connaissent à leur tour leur petit quart d'heure de gloire.

— Il est correct, ce flic, dit Charles à notre départ, sur le palier du deuxième étage.

— Et précis, ajoute Ferdinand, au rez-de-chaussée.

— Quel connard prétentieux! s'exclame Adélaïde, dès que nous la rejoignons dans la voiture.

Je n'entends pas la suite de leur brillante analyse. J'ai eu ma dose d'émotions fortes pour la journée. Je divague. Nous prenons la direction de l'hôpital où je passe après un coma éthylique et une fracture ouverte de la clavicule. L'infirmière de garde : «À poil, ma p'tite dame! – Je peux garder ma culotte? – J'aime autant pas, non.» L'infirmière disparaît, je me déshabille dans un placard étroit et me faufile dans une grande pièce surchauffée. Après qu'on a vérifié que je n'ai pas été abusée sexuellement, puis qu'une machine grosse comme un accélérateur de particules m'est passée sur le corps pour me scanner le crâne par couches ou me balayer les différentes structures anatomiques du cerveau par résonance magnétique, un chirurgien aux doigts de pianiste déclare que je vais très bien, que j'ai besoin de sommeil et qu'il a autre chose à foutre, vraiment, c'est bien parce que c'est Adélaïde qui le lui a demandé. L'infirmière réapparaît et me demande de renfiler mes vêtements.

Charles me récupère à moitié endormie dans la salle d'attente. Ferdinand est déjà rentré se coucher. Gus n'est toujours pas réapparu. Ma mère décrète qu'elle sera bien plus utile ici avec ses patients et qu'elle ne rentre pas à la maison. Ce qu'elle ne dit pas et que tout le monde devine, c'est que Gus pourrait se retrouver ici, aux urgences. Mon père se propose de me ramener. Il lui reste deux heures avant de retourner au boulot. Je me laisse porter, perdue dans une salade de fruits au goût sucré-acidulé de pêche, griotte et groseille.

Sur le chemin du retour, j'essaie de me souvenir des premiers vers de *Nous dormirons ensemble* d'Aragon. Que ce soit dimanche ou lundi, soir ou matin, minuit midi, dans l'Enfer ou le Paradis…

11

Je suis réveillée vers onze heures par les cris de Camille et de Goliath.

— Ne nie pas, j'ai vu les photos !

— J'y crois pas, tu as fouillé dans mon portable ?

— C'est pas le sujet. Et puis d'abord, c'est qui, cette salope ?

— Ma cousine.

La parade est habile, j'en conviens, mais ma sœur ne se laisse pas démonter.

— Prouve-le !

Au cœur de l'adolescence. Vie et mort d'une idylle, en moins de cinq minutes chrono. Pas sûr que Goliath et sa moto tiennent jusqu'à la majorité de Camille.

Je me prépare une tasse de café et m'installe dans une chaise longue pour profiter du spectacle. Chaleur printanière, ciel tondu comme un mouton avant l'abattoir, pur arabica et tee-shirt échancré Mötley Crüe, période *Docteur Feelgood* – un médecin mort vivant affublé d'une camisole de force, un thermomètre entre les dents, devant, une pépée lascive uniquement vêtue d'une paire de lunettes noires et de trois feuilles de cannabis, derrière, ça claque, je vous raconte pas. Les rayons du soleil se réverbèrent sur le plan d'eau pour venir réchauffer mes jambes et les joues cramoisies de ma sœur qui ne lâche rien.

— Tu mates ma sœur ou je rêve ?

— Bien sûr que non !

— Menteur !

— T'as vu comme elle est sapée !

Hé oh, Goliath, je t'aimais bien jusque-là. Évitons les critiques vestimentaires, s'il te plaît, et un peu d'ouverture d'esprit.

Ma sœur enchaîne fort :

— Tu sous-entends quoi, là ?

— Rien.

— Que ma sœur est habillée comme une pute ou qu'elle a des goûts de chiotte ?

Je proteste en silence, de peur de rompre le charme de cette conversation. Je défendrai mon anarchisme sexy et balnéaire plus tard.

— Tu veux la prendre en photo et la mettre en fond d'écran, comme ta cousine ?

— C'est une photo de ses fiançailles !

— Parce qu'en plus, tu es fétichiste !

— Mais Camille…

Tss-tss, Goliath manque d'endurance, ça se sent. Cinq à zéro en faveur de ma sœur. J'allume une cigarette avant l'estocade finale. Ma sœur se prend la tête entre les mains et se met à pleurer – elle bluffe, mais pour qui n'est pas habitué, on s'y croirait.

— Quand je pense que je voulais un enfant de toi…

Je manque de m'étouffer et crache du café un peu partout sur la camisole de mon docteur Feelgood. Jeu, set et match. La vache, je ne l'avais pas vue venir, celle-là! Le cœur brisé, Goliath abdique. Il récupère son casque d'un mouvement de balancier élégant du bras et part rejoindre sa moto, sa seule amie désormais.

Il me salue d'un geste las de la main, des boutons d'acné plein la gueule.

— Désolé, pour ton frère.

— C'est gentil de ta part.

— Gus est un saint, poursuit-il. Les gens racontent rien que des conneries à son propos. Il ne ferait pas de mal à une mouche.

— Pas comme ma sœur, hein!

— Je l'aime, me répond-il, comme si de l'énoncer à voix haute permettait d'alléger le poids qui pèse sur ses épaules, même temporairement.

Camille hurle dans son dos :

— Drague-la devant moi, Nathanaël, te gêne surtout pas!

Je m'étrangle une deuxième fois, rebelote sur la gueule à ce brave docteur Je-me-sens-bien. Nathanaël, je croyais que ce prénom avait été interdit du temps de Ponce Pilate sous peine de crucifixion. Sourire contrit de l'amoureux transi.

— Bon, j'y vais.

La moto démarre au quart de tour et s'élance à l'assaut du chemin, enfin libre. La pétarade qui s'éloigne emporte avec elle un petit air d'évasion et de prends-la-route. *Born to be wild*, quand tu nous tiens…

Évidemment, ma sœur se marre comme une tordue.

— T'as vu la tête qu'il faisait quand j'ai parlé de gosse?

— On ne plaisante pas avec ces choses-là, je fais en terminant ce qu'il me reste de café.

Là-dessus, je la plante avec ma clope encore fumante dans le cendrier et son humour de merde. L'amour est un truc trop sacré pour les enfants gâtés. Ou alors je commence à être sacrément en manque. Peut-être un peu des deux, va savoir.

Finalement, je suis de sale humeur.

*

Ça me prend sous la douche, au moment où le savon me pique les yeux. Un éclair fulgurant dans le bas du dos. Coup de poignard. Lame bien fine qui entre, ressort et rentre à nouveau aussi sec. Côté gauche, comme pour Adam et Ève. Ça y est ! La fin est proche. Encore un truc biblique à la con ! Ça m'apprendra à écouter de la musique sataniste et à faire du mauvais esprit à longueur de journée.

Je termine de me rincer comme je peux et fonce me tordre de douleur en toute intimité dans ma chambre. Je n'atteins pas le lit et me recroqueville près de la trappe en me mordant la lèvre inférieure pour ne pas hurler. Et pourquoi pas, d'ailleurs ? Je hurle donc.

— Aaaaah !

Camille pointe le bout de son nez.

— Ça va pas, non ? Pourquoi tu hurles ?

Je lui claque la trappe au nez pour rester polie. J'en vois de toutes les couleurs pendant une bonne minute, Feelgood se transforme en Folamour et je plonge, accrochée à une bombe géante, en direction du plancher auquel je suis pourtant déjà accrochée, avec l'apocalyptique certitude d'une mort violente. Puis la souffrance s'évanouit comme elle était venue. D'un coup. *Pfuit*, envolée!

Je m'assois, épuisée et dans le plus simple appareil.

— Nom de Dieu, c'était quoi, ça?

Des images de la série *Docteur House* m'envahissent l'esprit. Avec des noms de maladies exotiques à coucher dehors, toutes aussi rares les unes que les autres. Ça turbine sec. Ai-je été en Inde, récemment? L'un de mes partenaires sexuels était-il originaire de Sumatra ou de Madagascar? Est-ce un lupus ou un syndrome paranéoplasique? Pourquoi est-ce que j'ai étudié la littérature au lieu de la médecine, merde, quelle idiote!

Les chats Gobbo et Thalabert m'observent, sceptiques, vautrés sur le lit que je n'ai pas atteint.

Je me lève, histoire d'afficher un semblant de dignité. J'allume l'ordinateur pour prendre des nouvelles du monde, tout en me contorsionnant pour enfiler sous-vêtements, vêtements et survêtement. Classique. Noir intégral. Des pieds à la tête. Je me rends compte que j'ai enfilé mon pull à l'envers. Je bascule sur les informations locales, partant du principe fallacieux que *small is beautiful*.

Magnifique, mon cul! Gus fait encore la une du quotidien. Le journaleux du coin s'imagine en lice pour le Pulitzer. Il a fouillé les poubelles à la sortie du collège de mon frère, hier soir, passant à la question une poignée d'imbéciles heureux de cracher sur l'immigration colombienne. Telle cette mère de (bonne) famille courageuse et anonyme qui s'inquiète pour la sécurité de son chérubin de onze ans. Mais que fait la police pour protéger nos enfants de cette racaille ? s'indigne-t-elle, en gros et en gras, sur un air patriotique, version : «Ils viennent jusque dans vos bras, égorger vos fils, vos compagnes!»

L'Inquisition est à nouveau en marche, citoyens, réjouissez-vous !

J'en reviens au docteur Feelgood et me demande si je ne vais pas me vautrer dans le stupre avec Folamour et la drogue avec House pour oublier la méchanceté crasse du monde. Je m'emmêle dans mon pull. Je tire, j'étire, je suffoque. Je parviens à m'en extraire, à bout de souffle. Vince Neil me susurre à l'oreille : «Il est celui qui vous fait vous sentir bien.»

Midi passé, l'arrivée de mon père pour la pause-déjeuner interrompt mes délires et attise ma colère. Je me précipite pour prendre des nouvelles de mon frère.

Charles secoue tristement la tête.

— Pas de nouvelles de Gus.

Ferdinand sort de sa tanière pour préparer le repas. Pacôme se plante en bout de table, un livre de John von Neumann dans les mains. Ils posent la même question à mon père, obtiennent la même réponse. Quinze minutes plus tard, Camille nous rejoint à l'odeur, salade de lentilles, endives braisées et quinoa au gingembre – Ferdinand est végétarien depuis qu'il a vécu deux ans avec une végane, une sorte de compromis avec sa petite amie précédente qui était alsacienne.

— Qu'est-ce que c'est que cette saloperie ? dit-elle en reniflant son assiette.

— La graine sacrée des Incas.

— Si c'est américain, alors…

Elle goûte du bout des lèvres, déglutit en grimaçant et demande à son tour si la huitième plaie d'Égypte a été retrouvée. Charles l'embrasse sur le front et verse une larme.

— Il me manque, ce con, concède-t-elle en se servant une double ration de quinoa.

Attention, séquence nostalgie. Mon père passe l'essentiel du déjeuner à nous narrer sa première fois dans un bar de Bogotá, « *Una cerveza por favor, señor!* », puis le soir même, la première fois qu'il a vu Gus et Antoine, à l'orphelinat, engoncés dans leurs blousons neufs qu'ils refusaient de quitter, alors qu'il faisait 27 °C à l'ombre.

— « *¡Mi chaqueta, mi chaqueta!* » ils criaient, dès qu'on voulait la leur retirer.

Sourires tristes autour de la table. Il raconte ensuite les visites touristiques au musée de l'Or, les mines de sel de Zipaquirá reconverties en cathédrales, les gardiens armés à chaque coin de rue des quartiers bourgeois de Bogotá, le rire communicatif de Gus, l'émerveillement d'Adélaïde. Et les hurlements de cette femme, amputée d'un doigt presque devant ses yeux à l'aéroport international El Dorado, parce que le solitaire qu'elle arborait ostensiblement à l'annulaire valait de quoi vivre pendant les vingt prochaines années pour toute une famille.

— Une chance qu'elle ne portait pas de collier de perles de Tahiti.

Pacôme se protège machinalement le cou. Ferdinand ramène sa science en précisant que la cathédrale de sel de Zipaquirá a été creusée soixante mètres sous l'église d'origine, taillée par les mineurs à même les galeries de leurs ancêtres Chibchas. Camille termine ses lentilles en demandant qui veut bien l'aider à réviser son français. Je me porte volontaire.

— Quelqu'un de moins compétent, ironise-t-elle pour détendre l'atmosphère. Je prépare le bac, pas l'agrégation.

— C'est toujours un plaisir de te rendre service.

— Merci d'avance.

La sonnerie du téléphone nous prive de la suite des aventures de la famille Mabille-Pons en Colombie. Nous sursautons tous, Charles bondit le premier et saisit le combiné.

— Bonjour, lieutenant.

Nos cœurs cessent de battre à l'unisson. Charles met le haut-parleur en marche.

— … peut-être retrouvé le propriétaire de l'Opel Manta dont votre fils a parlé.

— Qui est ?

— Maître Gouy, notaire à Tournon. Apparemment, des voleurs se sont introduits de nuit sur sa propriété et sont partis avec la Manta. Il ne s'en est aperçu qu'au moment de partir au travail, hier matin. Il a déclaré le vol de sa voiture dans la foulée.

Gouy ? Le patron de mon clerc de notaire de père ? La bagnole qui a servi pour le braquage est celle de cet imbécile malheureux ? C'est la meilleure, celle-là ! Quand je pense aux saloperies que Gouy lui fait subir au bureau depuis des années – hé oui, ça porte un nom, harcèlement moral, même chez les notaires !

Charles bégaie en écho :

— Mon patron ?

Personne se racle la gorge.

111

— Il est revenu au commissariat, ce matin, pour porter plainte contre Gus.

— C'est n'importe quoi !

— Pour le vol de son Opel Manta.

— Gus ne sait même pas conduire, je crie.

Mon père me fait signe de me taire.

— Comment va le buraliste ?

— Dans le coma, depuis cette nuit.

— Bon sang… Et mon fils ?

— Je suis désolé, répond Personne. Je vous tiens au courant.

Avant de couper la communication.

Silence dans la cuisine. Je repousse mon assiette. Les endives braisées ont un goût amer et le quinoa nous rappelle cruellement l'absence du petit frère. D'habitude, ses bêtises nous font marrer.

— Putain de merde, dit Camille.

Ce qui résume plutôt bien la situation.

Où allons-nous, si le moindre péquenot notaire de province peut porter plainte contre Gus dès qu'on lui pique sa voiture ?

Simple question d'image, me direz-vous. Dix ans plus tôt, il n'aurait pas osé, par peur des représailles. Les Colombiens, ça forçait le respect. C'était un peu comme si vous aviez des amis serbes ou gitans. Tout le monde pensait barons de la drogue, Cartel de Medellín, témoins découpés à la tronçonneuse et balancés aux cochons en guise de repas. Mais depuis la libération d'Íngrid Betencourt par l'Armée nationale en 2008, la démobilisation des FARC, les séries télévisuelles américaines sur le trafic de drogue entre le

Mexique et les États-Unis ou les romans de Don Winslow, forcément, ça en jette moins. Alors les sales types comme Gouy se lâchent.

Le genre de truc qui me donne des envies de meurtre.

Je file dans ma chambre défoncer mes oreillers de coups de poing rageurs, en imaginant qu'ils ont tous la tête du patron de mon père. Comment aider Gus? Comment le retrouver? Comment mettre hors d'état de nuire tous les cons qui se mettent en travers de notre chemin? Thalabert ouvre un œil pour s'assurer que je ne le confonde pas avec un traversin. Gobbo se lèche les parties génitales. Je rumine là-dessus jusqu'à l'arrivée d'Adélaïde, en début d'après-midi.

— Où sont-ils tous passés?

Je l'informe de l'appel de Personne et de la discussion qui a suivi avec Charles qui est retourné au travail – sa manière à lui de résister à la plainte déposée par son patron.

— Il pourrait me licencier pour faute lourde, a-t-il martelé, et non, je ne lui ferai pas ce plaisir.

— Papa, ton fils a disparu. N'importe quel conseil de prud'hommes comprendrait que tu te fasses porter pâle.

— Ma présence à l'étude le rendra dingue.

— Notre médecin peut te mettre en arrêt maladie.

— Je ne changerai pas d'avis.

Adélaïde sourit tristement en entendant ça.

— Nous nous battons avec les armes des faibles, ma chérie. Mais ne t'inquiète pas, Gouy ne l'emportera pas au paradis.

— Pourquoi papa n'a-t-il jamais porté plainte contre lui pour harcèlement?

Adélaïde se passe la langue sur les lèvres.

— Parce qu'il est plus fort que ça.

— Je ne comprends pas.

— La chambre des notaires n'enregistrerait même pas sa plainte.

Je la dévisage.

— Il l'a déjà tenté et il s'est fait envoyer bouler, c'est ça ? Bande d'enfoirés.

— Je vois.

Ma mère change de sujet.

— Et les garçons ?

— Ferdinand est allé voir l'avocat pour faire le point avec lui. Pacôme a décidé de rendre une petite visite au siège du journal local pour savoir comment ils se sont procuré la photo de la vidéosurveillance qui a capté Gus au bureau de tabac, la nuit du braquage. Il connaît un type qui bosse là-bas, un comptable. Antoine, lui, termine le travail à dix-sept heures.

— Et Camille ?

— Au lycée. Enfin, c'est ce qu'elle a dit.

Ma mère pioche dans le frigo, rassemble les restes du déjeuner sur un plateau et s'attable. Son assiette 180 % pur bio me donne envie d'un steak XXL aux hormones. J'allume une cigarette aux pesticides pour couper ma faim.

— Tu savais que Camille faisait le mur, la nuit ?

Elle avale une bouchée de lentilles coupées aux carottes râpées.

— Gus aussi, d'ailleurs. Et Ferdinand, avant eux.

— Même Pacôme ?

Elle rit, de la salade entre les dents.

— Non…

— Et tu n'as jamais rien dit ?

— Pour trois raisons. D'abord, une fois que je suis au courant, je n'ai plus de raison de m'inquiéter. Ensuite, vous avez tous des téléphones portables, maintenant, on peut vous suivre à la trace, comme des baleines baguées. Enfin, si je sais que tes frères et sœur font le mur, ça n'a plus rien de secret, donc de plus vraiment interdit non plus. Par conséquent, à quoi bon gueuler ?

Logique implacable.

— Mère démissionnaire.

Adélaïde me caresse les cheveux avec affection. Son haleine sucrée fleure bon l'oignon rouge cru, le vinaigre balsamique et le miel de châtaignier.

— Tu as toujours été une petite fille très sage, Rose, sous tes dehors un peu rebelles. Tu as compris très vite qu'il n'était pas nécessaire de faire le mur pour s'évader des conventions. Tu es comme ces femmes brillantes du XIXᵉ siècle, Sophie Gay, George Sand ou Delphine de Girardin. Un bas-bleu un peu punk.

Je tire la tronche.

— Bas-bleu, mon cul !

Elle éclate de rire, puis retourne fouiller dans le frigo.

— Y avait pas un pot entamé de terrine de Sainte-Eulalie pur porc, là-dedans ?

Je la serre dans mes bras.

— On va le retrouver, maman, ton Gus.

Elle se détourne pour dissimuler ses larmes 100 % naturelles. Je grimpe dans ma piaule chercher une photo de Gus, la scanne sur une clef USB et attrape les clefs de ma voiture.

Petite fille sage, hein ?

Ben voyons !

12

Je sors de la papeterie de l'avenue de Beaucaire, une pile de 1 500 affiches A4 sous le bras.

Gus est innocent,
Et vous le savez.
Aidez-nous à le retrouver !

Gros plan sur le sourire radieux de Gus, en équilibre sur son premier vélo sans roulettes, le jour de ses six ans, baskets rouges et pull blanc offerts par l'amicale des parents d'élèves de l'école Sainte-Marthe, à son arrivée. Pour une photo plus récente, ainsi que des détails scabreux sur son enlèvement, son implication dans le braquage du bureau de tabac et ses liens avec la pègre locale, voir la presse quotidienne régionale et les commères de la ville : un numéro de portable avec carte prépayée acheté pour l'occasion en sus.

Sobre.

Mais efficace.

J'attrape Camille à la sortie du lycée, dans les bras d'un dénommé Tonio qui m'arrive au menton – vertige de l'amour. Aucune trace de Goliath ni de sa pétrolette dans les environs. Dommage, je l'aimais bien. Camille roucoule un truc à l'oreille de son nouveau jules et me rejoint en traînant des semelles compensées.

— Il a le permis B, celui-là ? demandé-je en lui fourguant la moitié de mes affiches, une paire de ciseaux à bout rond et deux rouleaux de scotch premier prix Leader Price.

— Et ton frère, il fait du vélo ?

Puis elle jette un œil à mon avis de disparition.

— Les flics ont un truc qui s'appelle la recherche ADN et la géolocalisation de puces de portables, maintenant, tu ne regardes pas *Les Experts : Miami* ?

— Les vieilles méthodes reviennent à la mode.

— Les affichettes, c'est pour retrouver des chats, pas des Colombiens. Le coup que tu as reçu à la tête a fait plus de dégâts qu'on pensait.

Je la fixe, narquoise.

— Tu crois que j'aurais dû choisir une photo de lui avec Thalabert et Gobbo ?

Je tâte la bosse, à l'arrière de mon crâne. Il paraît que ça porte bonheur. Camille lève les yeux au ciel.

— Les parents sont au courant pour tes conneries ?

— Surprise !

Elle enchaîne :

— Note que sur Facebook, avec les chats, ça aurait fait un malheur.

— Misère…

Je prends la première feuille de la pile, la fixe sur le panneau d'informations du lycée et contemple le résultat.

— Il est tellement craquant, sur sa petite bicyclette !

— Moi, je le trouve flippant.

— Il est mignon, avec ses oreilles décollées, non ?

— On dirait le petit Grégory, version Bucaramanga hydrocéphale.

— Prends tes ciseaux et suis-moi, au lieu de dire n'importe quoi.

Et nous voilà, arpentant les rues pavées de Tournon, frappant à toutes les portes, comme deux militants socialistes redécouvrant le travail de terrain une veille d'élections nationales. Scotchant sur une porte d'entrée par-ci, glissant dans une boîte aux lettres par-là. Arrêts de bus, ronds-points, panneaux d'affichage. Ça tombe bien, ces derniers fleurissent en pleine campagne présidentielle. Entre un tartuffe hirsute, un banquier raëlien, une roue de secours, une bourgeoise qui se fait passer pour une charcutière et un trotskiste intermittent, nous n'avons que l'embarras du choix. Camille et moi privilégions évidemment les gueules patibulaires ou les slogans fourre-tout que nous recouvrons astucieusement de la bonne bouille de Gus juché sur son vélo. *En marche ! Gus est innocent !* Ou : *Aidez-nous à le retrouver. Prenez le pouvoir ! On ne recule plus ! Le changement, c'est maintenant !* Ou encore, *Le courage de la vérité : Gus est innocent, et vous le savez !*

Gustave, président ! Gustave, président ! Hashtag Gus 2017.

Je reçois mon premier appel alors que nous nous apprêtons à attaquer la rue piétonne.

Je décroche, pleine d'entrain :

— Standard *Gus est innocent*, j'écoute.

Une voix grasse masculine éructe à l'autre bout du fil :

— La racaille, en prison ou dans son pays, pas chez nous !

Charmant…

— Monsieur, pardonnez ma franchise, mais…

— Feignants d'Arabes ! me crache la voix, avant de couper la communication.

J'en reste comme deux ronds de flan. Camille me dévisage, hilare, l'air de dire : « Rassure-toi, ils ne représentent que 20 à 30 % de la population en âge de voter ! »

Je lui répète les paroles de mon interlocuteur. Ma sœur se bidonne. Le venin des autres, c'est sa force. J'admire son calme dans l'adversité.

— Tu avais peut-être raison, pour les chats, avancé-je prudemment.

— On continue, ça devient marrant ! en conclut Camille.

La première boutique fait dans le prêt-à-porter pour femmes des-années-quatre-vingt-jusqu'au-bout-des-seins. Bonne pioche. Je pousse la porte. *Ding-dong !* Bonjour, madame, ce serait pour une affiche. La vendeuse, collier de fausses perles, brosse Desireless, robe vintage et impression d'ensemble Véronique & Davina, ne nous jette même pas un regard.

— Laissez ça là, je m'en occuperai.

Camille, médusée, s'avance vers un portant d'où elle tire un pull bleu fluo à rayures verticales fuchsia du plus bel effet.

— Waouh, c'est carrément *Retour vers le futur*, ici !

Je me plante derrière la caisse enregistreuse et j'exhibe scotch et ciseaux.

— Je peux m'en occuper moi-même, pas de problème.

La femme abandonne sa comptabilité à regret. Je lui glisse le portrait de Gus sous les yeux – qu'elle écarquille.

— Qu'est-ce que c'est que ça ?

— Mon petit frère.

Froncement de sourcils de l'intéressée. Je précise, pour dissiper tout malentendu :

— Nous nous ressemblons peu.

La femme me rend l'affiche d'une main tremblante et lance un regard assassin en direction de ma sœur.

— Ce magasin ne fait pas de politique… Et dites à votre amie de ne pas toucher aux vêtements.

— C'est ma sœur.

— Vous êtes combien dans la famille ? dit-elle avec, dans la voix, une pointe d'ironie lourde de sous-entendus désagréables, du genre : « Un de perdu, dix de retrouvés ! »

Je lui remets l'affiche sous le nez.

— Je me permets d'insister.

— Non, merci.

Et de nous pousser vers la sortie, sans excuses ni merde.

Une fois dehors, Camille frappe joyeusement dans ses mains :

— Encore !

Je ne partage pas son enthousiasme. Le racisme ordinaire me fatigue vite. Je pensais qu'un gamin sur un vélo attendrirait les foules, faut croire que je me suis trompée. Le carillon de la collégiale Saint-Julien, tout proche, sonne quatre heures de l'après-midi. Je propose une pause au café d'en face. Camille me conseille de soigner mon alcoolisme par l'abstinence et m'entraîne vers la boutique suivante, une boucherie baptisée *Au porc peinard*, tout un programme. Le boucher aiguise ses couteaux avec gourmandise. Il a l'air particulièrement en forme. Il l'est.

— Nous ne faisons ni halal ni casher, mesdemoiselles, déclare-t-il en fixant ma sœur.

— Génial…

*

Il est six heures moins le quart et près de vingt-quatre messages d'insultes sur la messagerie de mon portable quand nous atteignons enfin le salon de coiffure. Je me sens comme Alice de l'autre côté de l'autre miroir, retraversant le miroir en sens inverse, mais débarquant dans une réalité où l'absurde et le bizarre seraient devenus la règle. Par ailleurs, je retire tout le mal que j'ai pu dire par le passé des couples de témoins de Jéhovah et des démarcheurs commerciaux. Ces gens sont des héros.

Camille m'abandonne pour retrouver Tonio en me remerciant pour cet excellent après-midi shopping entre filles. Je pousse la porte vitrée de Popul'Hair et m'affale sur l'un des fauteuils, éreintée, fourbue et percluse.

Vanessa saisit l'une de mes affiches.

— Qu'il est mignon ! glousse-t-elle.

— Tu es bien la seule de cette ville à le penser.

Je lui raconte mes dernières vingt-quatre heures. Elle pousse un cri d'effroi quand je lui montre ma bosse.

— Sans déconner ?

— Sans déconner.

— Meeerde !

— À qui le dis-tu !

121

Dans le fond, Odette et ses amies tiennent salon sous leurs séchoirs respectifs. Je me penche vers Vanessa.

— Elle n'était pas déjà là hier ?

— M'en parle pas, j'ai pas arrêté de la journée. Depuis que ton frère fait la une, mon carnet de commandes se remplit comme jamais. Odette était là dès l'ouverture, ce matin, pour se tenir informée. Elle a même ramené des copines à elle. Ton frère et toi, vous êtes des stars chez les plus de soixante-dix ans. Elles t'attendent comme le messie.

Je leur jette un regard méfiant, prête à ficher le camp. J'ai eu ma dose aujourd'hui. Vanessa se veut rassurante :

— Tu n'y es pas ! Odette leur a parlé de ton amour pour Rabelais et Érasme.

— Je serais plutôt d'humeur Sacher-Masoch, aujourd'hui.

Pas sûr que ça me détende vraiment, mais pourquoi pas. Vanessa se dandine derrière son comptoir.

— Et puis…

— Quoi ?

Elle glousse. Odette lui fait un clin d'œil. Ses copines gloussent à leur tour et se lancent des regards en coin. J'ai l'impression d'être à une réunion thérapeutique pour les femmes qui souffrent de troubles obsessionnels compulsifs.

— Ton petit lieutenant de police passe tout à l'heure pour se faire couper les cheveux.

— Manquait plus que lui…

Vanessa fait signe aux autres de la mettre en veilleuse. À voix basse :

— Des nouvelles de Gus ?

Je secoue la tête.

— Mais c'est gentil de demander.

Ding-dong! La sonnette de la porte nous interrompt de façon tout à fait impolie. Madame maître Gouy fait son entrée. Vingt ans de moins au compteur que son notaire de mari, ce qui avoisine tout de même les quarante-cinq ou quarante-sept ans.

Je me tourne vers Vanessa.

— C'est une cliente à toi ?

— Occasionnelle.

Je pose la main sur son bras pour l'empêcher d'aller l'accueillir elle-même.

— Tu permets ?

Je m'avance.

— Madame Gouy ! Quel plaisir !

Madame Gouy fronce les sourcils. Pendant qu'elle m'explique ce qu'elle veut, je la vois chercher où elle m'a déjà vue. À trop tendre la peau, le Botox plisse les yeux et rend parfois myope.

Moi, par contre, je me souviens très bien de notre première rencontre, treize ans plus tôt, sur le perron de la villa qu'elle occupait avec son mari, peu de temps avant l'arrivée de mes frères et sœur colombiens. Je n'étais qu'une petite fille de sept ou huit ans, mon père un jeune clerc qui ne pouvait pas refuser l'invitation à dîner de son patron. Adélaïde s'était fait porter pâle. Hors de question qu'elle mette les pieds « chez ce connard et sa pouffe aux jambes interminables ! ». Ferdinand, Pacôme et moi nous étions retrouvés otages malgré nous et embarqués de force pour faire bonne figure.

— C'est quoi, des jambes interminables, papa ? avais-je demandé, au moment où il appuyait sur la sonnette.

123

Mon père n'avait pas eu le temps de répondre. La pouffe était apparue, tout sourire, et je ne l'avais jamais revue jusqu'à aujourd'hui.

En fait de jambes interminables, comme le disait maman, à tort, probablement poussée par la jalousie ou par son goût immodéré pour la caricature, la femme du notaire est une fausse blonde juchée sur des guibolles de taille normale, proportionnées si vous voulez, qui débutent au niveau des chevilles et se terminent dissimulées sous une jupe droite, à peu près au niveau des hanches. Au-delà du concept mathématique, interminables, pour des jambes, c'est décidément bien trop long, une fois confrontées aux tristes réalités conjuguées de la gravité et de l'élasticité du bas nylon. De plus, ses seins sont faux – ce n'était peut-être pas le cas à l'époque. Je ne lui en veux pas. Rares sont les femmes de notaire qui résistent à l'appel du bistouri et des mèches vénitiennes – que la téléspectatrice moyenne des *Feux de l'amour* de plus de quarante ans qui n'a jamais péché lui jette la première pierre !

Derrière moi, Odette et sa bande de septuagénaires réclament leur part de poésie. Je leur demande de patienter d'un petit signe de la main. J'installe madame Gouy avec un magazine dans le coin « shampouinage », lui passe une serviette autour du cou, tourne le robinet d'eau chaude et prépare un tube de colorant Hair Brillance Noir de Jais.

Vanessa ouvre de grands yeux effarés. Je susurre dans les tympans de mon otage :

— J'aime réciter des vers pendant que je travaille, ça ne vous dérange pas ?

Madame Gouy acquiesce poliment.

Mes petites vieilles en piaffent d'impatience.

À la place de Sacher-Masoch, va savoir pourquoi, c'est une version remixée entre *Le Métèque* de Moustaki et *Salut à toi!* des Bérurier Noir qui me vient à l'esprit en premier. Pas sûr que la blonde platine apprécie des masses, mais je me lance tout de même.

Mon fan-club sous casque applaudit des deux mains et marque la mesure du pied :

> *Salut à toi ô mon frère*
> *Salut à toi le Colombien*
> *Salut à toi le p'tit Français*
> *Salut à toi le métèque*
> *Salut à toi le Juif errant*
> *Salut à toi le pâtre grec*
> *Salut à toi des quatre vents*

Gouy-épouse gigote sur son fauteuil. Les rires dans le fond du salon lui mettent la puce à l'oreille. Elle ne me remet toujours pas. J'applique le colorant avec méthode. Les mèches blondes brunissent à vue d'œil. Conscience professionnelle oblige, Vanessa manque de défaillir.

> *Salut à toi ô mon frère*
> *Salut à toi le Colombien*
> *Salut à toi le p'tit Français*
> *Salut à toi le voleur*
> *Salut à toi le rôdeur*
> *Salut à toi le vagabond*
> *Salut à toi le maraudeur*

Salut à toi le braqueur
Salut à toi le musicien
Salut à toi le rasta
Salut à toi l'Opel Manta

Madame Gouy fait un bond sur son fauteuil et se retourne pour me faire face.

— Qu'est-ce que vous avez dit?

Je dirais qu'elle me remet, maintenant. Elle n'est pas sûre, mais elle me remet. Puis elle croise son reflet dans le miroir le plus proche et elle voit la couleur de ses cheveux. Un rictus de surprise, puis de colère, lui tord progressivement le visage. Vanessa défaille pour de bon. Odette et compagnie applaudissent à tout rompre. Les séchoirs fument. Les bigoudis fondent. Les appareils dentaires disent bravo. Le succès est total. La prochaine fois, promis, juré, craché, ce sera le rire chez Mallarmé, Sully et Bergson. Je salue mon public et me prépare à me retirer dans ma loge.

Ding-dong!

Un nouveau client fait son entrée dans mon dos. L'assistance en transe se tait subitement. Je n'ai pas le temps de me retourner qu'une douleur inouïe dans le bas du dos, côté gauche, me cloue sur place.

La même que ce matin, sous la douche.

La même, mais puissance mille.

Foudroyée sur place. Déchirée de part en part. La Grande Faucheuse, l'obscurité, d'un coup, puis le tunnel, long, si long. On croit que ça n'arrive qu'aux autres, et puis voilà. Adieu veaux, vaches, cochons! Bonjour Rimbaud, Baude-

126

laire, Verlaine, Hendrix, Janis Joplin, Brian Jones, Cobain, Prince, me voilà, gardez-moi une place !

Quelqu'un me saisit à la gorge.

— Espèce de petite merdeuse, vous allez me le payer !

Un ange vole à mon secours :

— Oh, vous, hein, c'est pas le moment, vous voyez bien que cette petite souffre le martyre !

Puis un deuxième :

— Lieutenant Personne, police judiciaire, écartez-vous de cette jeune femme, immédiatement !

Applaudissements nourris dans le fond. Une lumière blanche intense me tend les bras. Des tracts *Gus est innocent* volettent dans les airs. Si c'est le Paradis, je sens qu'on ne va pas s'ennuyer.

13

Dieu existe, je l'ai rencontré.

Et c'est une femme.

Elle porte une blouse blanche, sent la vanille et tient un flacon de morphine dans une main, une seringue dans l'autre qu'elle me plante dans la fesse et qui soulage aussitôt ma douleur, m'envoyant planer avec Lucy dans un ciel de diamants.

— Coliques néphrétiques, me chuchote-t-elle en souriant dans l'ambulance qui traverse la ville, sirènes hurlantes. Rien de grave. Votre ange gardien nous ouvre la voie.

Dieu m'indique un point bleu qui clignote devant le pare-brise et qui ressemble furieusement à un gyrophare en marche planté sur le toit d'une voiture de police. Je me tords le cou pour essayer de voir qui conduit. La femme-déesse saisit délicatement ma tête, je me laisse aller, elle la repose sur le brancard et me conseille de rester immobile le temps du trajet.

— Nous serons bientôt arrivées.

J'acquiesce béatement. Je ne suis que paix, lumière et amour, pour les siècles des siècles, ainsi soit-il, *amen*. Vue plongeante sur son décolleté. Je me fais la remarque que Dieu a tout de même une sacrée paire de seins. Curieux. Je ne me souviens pas avoir lu quoi que ce soit à ce sujet dans le Nouveau Testament – peut-être un Évangile apocryphe?

Puis je m'endors du sommeil du juste.

14

Pour être tout à fait honnête, le réveil est nettement moins agréable. D'abord, Dieu n'existe pas. Le cas échéant, si elle est anesthésiste, c'est une belle salope parce qu'elle refuse de m'injecter une nouvelle dose de morphine sous prétexte que le délai de douze heures n'est pas passé et que ma tension est trop basse.

— Je peux vous prescrire du paracétamol, si vous voulez !

Je m'apprête à lui expliquer où elle peut se le mettre, son Doliprane sous perfusion, quand une nouvelle salve de contractions musculaires au niveau de l'urètre me cloue sur place.

Donc je hurle.

Un peu comme Jésus sur sa croix. Un clou de la taille d'un piolet dans chaque main et dans les pieds, il hurlait, je vous le garantis. Je le vois mal en train de deviser théologie avec les deux larrons crucifiés à ses côtés, bon et mauvais. Qui hurlaient aussi comme des gorets, faites-moi confiance. Et oui, la métaphore tient la route.

Je vous explique : un calcul rénal a la forme d'un astéroïde truffé de pics et d'arêtes acérées, comme celui dans

Armageddon dans lequel Bruce Willis et ses petits copains mineurs doivent forer un puits pour y placer une charge nucléaire afin de sauver la Terre. Bref, le calcul se déplace de votre rein jusqu'à votre vessie en empruntant un canal étroit et fragile uniquement étudié pour du liquide. Sur l'échelle de la douleur, c'est bien au-delà d'une couronne d'aubépine sur la tête ou d'une croix à porter jusqu'au Golgotha, si vous voulez mon avis.

Pour les cinéphiles, disons que je suis dans un état proche de celui de Rocky Balboa, dans *L'Œil du tigre*, au moment de perdre son premier combat contre Mister T., au début du film. Ou Clint Eastwood, dans *Le Bon, la Brute et le Truand*, après cinquante kilomètres à pied dans le désert, 50 °C à l'ombre, sans eau et sans Stetson et sans ombre, brûlé, desséché, sous la surveillance goguenarde d'Eli Wallach alias Tuco alias le Truand. Ou encore Vin Diesel, juste avant le dénouement de *Fast & Furious 7*, et des six épisodes précédents. Encore qu'avec Vin Diesel, niveau douleur, on n'arrive jamais vraiment à savoir s'il s'est piqué avec des orties, s'il s'est planté une écharde dans le doigt ou si un obus explosif à tête d'écrasement de type HESH lancé par un AMX 30 lui a pété à la gueule.

Ou comme une femme qui accouche – ce qui est une autre manière de dire que le cinéma à succès manque singulièrement de héros féminins dignes de ce nom.

Un calcul qui cherche à s'émanciper de sa gangue rénale réveille des douleurs proches de celles de l'enfantement, donc. C'est en tout cas ce que l'anesthésiste n'arrête pas de me répéter afin que je relativise les souffrances que j'endure et accessoirement que je me prépare à celles à venir.

Ce qui ne me donne pas envie d'accoucher un jour.

Vive le préservatif! Vive la pilule! Vive Simone Veil! Et vive la péridurale!

Et gloire à ma mère qui a affronté ces tourments à trois reprises! Et à sa mère avant elle – neuf grossesses, neuf accouchements. À la maison. Dans son lit de douleur. Rocky Balboa, Blondin et Dominic Toretto ne sont que des petites natures.

Donc je hurle.

Jusqu'à ce qu'Adélaïde se pointe, les traits tourmentés, dans ma chambre d'hôpital, insulte l'ensemble du personnel soignant du service urologie, et me file ma morphine quotidienne. L'effet apaisant est immédiat. Michael Jackson, Roch Voisine, Céline Dion et Mariah Carey se mettent à chanter dans ma tête : «*Heal the world, make it a better place, for you and for me, and the entire human race!*» Je suis prête à faire don de mon corps à la science et à signer toutes les pétitions pour la paix dans le monde.

— Comment tu te sens, ma puce?

Béate, je borborygme une vague réponse. Pas grave, ma mère parle pour deux!

— Je vais t'expliquer ce que tu as. Cligne deux fois des yeux si tu comprends ce que je dis.

Je cligne deux fois.

— Parfait. L'échographie a révélé un calcul de la taille d'une petite bille coincé à l'entrée de ta vessie, côté gauche. Rien de grave. Problème, il ne peut pas passer tout seul dans la vessie pour être tranquillement évacué. Il a donc fallu aller le chercher par les voies naturelles.

Je frémis en pensant à ce que ça implique.

— Le docteur Frédéric Fay, ici présent.

Elle s'écarte légèrement afin que je puisse faire connaissance avec mon sauveur. Trente-cinq ans, barbe approximative, yeux globuleux, mine vicieuse, une belle tête d'urologue, quoi ! – faut quand même être sacrément tordu pour choisir urologie comme spécialité après six ou huit ans d'études en chirurgie, surtout quand on sait que ça touche essentiellement les grabataires incontinents ou les cancéreux de la vessie en phase terminale. Je reviens sur ma mère *recta*.

— Frédéric a eu raison de la bête, ne t'inquiète pas. Il a fait du bon travail, mais sortir un calcul de cette taille-là a forcément occasionné des dégâts sur les parois de l'uretère et, dans une moindre mesure, de l'urètre. Tu me suis ?

Je cligne, je hoche et je frémis pour être sûre qu'elle comprenne. Adélaïde comprend. Adélaïde comprend toujours tout.

— Bien. Du coup, pour que ça cicatrise bien, il a dû insérer et mettre en place une sonde double J, le temps que les tissus cicatrisent correctement.

Je clignote, béate mais paniquée. J'imagine la poche urinaire, à vider toutes les heures, directement branchée sur ma vessie. Ma mère sourit.

— Ne t'inquiète pas.

Elle claque des doigts. Frédéric apparaît dans mon champ visuel, un dessin à la main, décrivant un tuyau d'une trentaine de centimètres surmonté d'un ressort et de deux crochets, inséré entre ma vessie et mon rein gauche. Je cligne et je déglutis. L'urologue fait disparaître son œuvre d'art surréaliste – ceci n'est pas un instrument de torture.

— C'est l'affaire de trois ou quatre semaines. C'est un peu douloureux.

Elle tapote du bout des doigts la poche remplie de solution morphinique qui pend par les pieds au-dessus de mon lit.

— Mais tu as le traitement adéquat. Des questions ?

Je réclame un stylo et une feuille sur laquelle j'écris en lettres approximatives : « Des nouvelles de Gus ? » Ma mère essuie une larme. L'urologue fronce les sourcils. Je le vois chercher une rime entre le diminutif de mon frère et l'un de ses instruments médicaux. Ma mère claque des doigts. Il prend la poudre d'escampette sans se faire prier.

Adélaïde se penche sur moi.

— Bonne nouvelle : la femme de Gouy a essayé de t'étrangler devant témoins sur ton lieu de travail. Vanessa a porté plainte et nous avons déposé une main courante au commissariat. Le divisionnaire était ravi de me revoir.

Je me rendors, sourire aux lèvres et baume au cœur.

*

À mon réveil, l'urologue a été remplacé par ma famille au grand complet. Moins Gus, Kill-Bill et les deux chats qui se sont fait refouler par le garde-chiourme de l'étage.

— Des animaux au service urologie, vous n'y pensez pas ! Vous sortez d'où ?

— De ton cul, aurait rétorqué Camille qui a le sens de l'à-propos.

Moins Ferdinand, qui garde la ménagerie dans la voiture,

sur le parking de l'hôpital. Charles me tend le livre III des *Essais* de Montaigne.

— De la part de ton frère.

— Ferdinand a déjà eu des calculs rénaux. Il en garde un souvenir mitigé. Il préfère ne pas monter.

Je jette un œil perplexe au livre. C'est gentil, mais je l'ai déjà. J'ouvre à la première page : mon nom y est inscrit au crayon à papier, Rose Mabille-Pons, date d'achat, le 7 mai 2012. C'est mon livre, dûment volé à la bibliothèque universitaire au cours de ma première année. Charles hausse les épaules.

— Il a dit : lis et tu comprendras.

Ça ressemble à un slogan biblique, genre lève-toi et marche.

— J'aimerais bien, mais j'ai un cathéter fiché dans le bras et la tension cardiaque d'une moule.

Tiens, j'arrive à nouveau à parler.

— Quelle heure il est ?

— Vingt-trois heures.

— Ça me touche que vous soyez là pour me voir diminuée de la sorte.

Pacôme vérifie que sa montre n'est pas arrêtée. Antoine réprime un bâillement. Camille pique du nez. Charles prend un air mystérieux.

— Le lieutenant Personne est venu pour avoir de tes nouvelles.

— Il n'a pas atteint ma chambre, je m'en serais aperçue.

— Ta mère y a personnellement veillé.

— Je vois.

Je redresse mon oreiller. Il dégage une odeur de désinfectant aigre qui masque à peine les effluves pisseux du secteur urologie.

— Elle est où ?

— Épidémie de grippe. Une vraie hécatombe.

Pacôme désigne le lit vide, à côté du mien.

— Tu ne vas pas tarder à te faire un nouveau pote, dit-il sur un ton médical. Un vieux monsieur très digne, presque centenaire. Il était là quand nous sommes arrivés, puis ils l'ont descendu au bloc. Calculs dans la vésicule biliaire ou le pancréas, je crois. On est restés uniquement pour voir l'état dans lequel il sera à son retour. Maman a dit que ça valait le détour.

L'œil plein de malice gérontophile de Camille s'éveille. Je frissonne en pensant aux méandres torturés de son cerveau malade.

— On l'appelle aussi la maladie de la pierre, déclare-t-elle.

— Ou la gravelle, complète Charles.

— La lithiase, dit Pacôme. Qui vient du grec *lithos*, la pierre.

— J'ai faim, conclut Antoine.

Portable en bandoulière, Camille lance une recherche sur Gogol-Chrome. Elle émet des petits cris au fur et à mesure que de petites fenêtres s'ouvrent sur son écran.

— Montaigne, Franklin, Darwin, énumère-t-elle, tous célèbres pour leurs crises de coliques néphrétiques. Newton, Michel-Ange, Napoléon III.

— Pas de femmes célèbres ? demande Charles.

— Que veux-tu, l'Histoire est sexiste, expliqué-je. Elle ne retient que les souffrances des mâles.

— Dans la douleur, tu enfanteras, récite Pacôme.

Je m'insurge :

— Putain d'enculés de fascistes de merde !

— Le pape Innocent XI ! s'exclame Camille, toujours sur son moteur de recherche. On aurait retiré de sa dépouille deux calculs de deux cents et deux cent cinquante grammes !

Antoine secoue la tête.

— Je demande à voir.

— Heureux les aveugles...

Camille s'esclaffe :

— Même la momie de Ramsès II !

— Si les Grecs s'en mêlent...

L'infirmière de garde, une petite fée rousse au nez pointu, entrebâille la porte de la chambre.

— Moins de bruit là-dedans ! Y a des patients qui essaient de dormir, à l'étage.

Charles se précipite pour la rassurer, referme derrière elle et nous fait signe de baisser d'un ton ou deux. Camille range son portable. Antoine s'assoit sur le lit vaquant et tape dans l'oreiller pour en vérifier la résistance.

J'attrape mon livre et me pelotonne sous ma couverture javellisée pour lire. Ferdinand a sélectionné les meilleurs passages à l'aide d'un ingénieux système de post-it jaune fluo. Camille me chuchote de lire à voix haute.

Je m'exécute, la bouche un peu pâteuse :

— Livre III, chapitre 13, page 1 699 : « On te voit suer d'ahan, pâlir, rougir, trembler, vomir jusques au sang, souffrir des contractions et convulsions étranges, dégoutter parfois de grosses larmes des yeux, rendre les urines épaisses, noires et effroyables, ou les avoir arrêtées par quelque pierre épineuse et hérissée qui te point, et écorche cruellement le col de la verge, entretenant cependant les assistants d'une contenance commune. »

Charmant.

Antoine s'est finalement allongé et endormi. Blême, Pacôme sort prendre l'air dans le couloir, sans doute l'usage des mots *souffrir*, *écorcher*, *hérisser* et *verge* dans la même phrase. Camille applaudit.

— Encore !

— Dans mon état, est-ce bien raisonnable ?

Charles grimace. Camille supplie, mains jointes en prière orgasmique.

— Oui, oui !

J'ouvre une autre page, au hasard.

— « Mais est-il rien doux, au prix de cette soudaine mutation ; quand d'une douleur extrême, je viens par le vidange de ma pierre, à recouvrer, comme d'un éclair, la belle lumière de la santé. »

Déprimée, je referme le livre et le balance au pied du lit.

— Terminé pour aujourd'hui.

— Pour une fois que je m'intéresse à la grande littérature ! s'écrie Camille, réveillant Antoine qui ouvre un œil, se gratte l'oreille avec frénésie et se rendort aussi sec.

Et la petite infirmière rousse qui entrouvre la porte et nous dévisage les uns après les autres. *Bis repetita placent*, comme dirait Horace dans son *Art poétique*. On prend la même et on recommence :

— Dernier avertissement.

Avant de refermer, sous le regard indigné de Camille.

— Pour qui elle se prend, celle-là ?

— J'ai mal, fais-je.

— C'est psychosomatique.

— Et ma main dans ta gueule !

— Chiche !

La fée rousse refait son entrée, accompagnée d'Adelaïde. Camille ravale son indignation. J'ai toujours mal. La messe est dite.

— Tout le monde dehors.

Charles m'embrasse. Camille me promet de repasser demain pour cette histoire de main dans sa gueule et lance un coup d'œil assassin à l'infirmière en sortant. Antoine, penaud, se voit confisquer l'oreiller qu'il essayait de piquer en douce.

Je gémis.

— J'ai mal.

— Pas de morphine avant demain matin, ma chérie.

Ni de boogie-woogie avant la prière du soir, on sait ! Putain de sonde double J !

Fée-Rousse disparaît avec le lit occupé par Antoine et réapparaît une minute plus tard avec un autre, identique mais plein, celui-là. Un petit vieux recroquevillé semblable à Gollum, le Hobbit dégénéré du *Seigneur des anneaux*, les bras et la gueule hérissés de tubes, de tuyaux et de tout un tas de bidules, comme s'il venait de se battre avec un Balrog dans les profondeurs ténébreuses des mines de la Moria ou rentrait d'Irak après s'être pris une mine antipersonnel dans la tronche. Rien à voir avec le centenaire digne dont mes frères et sœur m'ont parlé.

— Voilà de la compagnie ! gueule l'infirmière, comme si les patients de l'étage n'entendaient pas ses cris à elle.

Je proteste en désignant le Hobbit sous assistance respiratoire.

— Il doit y avoir erreur sur la marchandise.

Geignements dudit Hobbit et rire gras de l'intéressée.

— N'hésitez pas à m'appeler s'il y a le moindre problème, monsieur Caillet.

Tu parles! Vu son état... Je me retourne vers ma mère, consternée.

— Maman, sors-moi de là!

— Ma chérie...

— OK, parlons franchement : j'en ai pour combien?

Adélaïde essuie une poussière imaginaire sur le drap.

— Deux, trois jours au maximum.

— Avec lui?

Elle rit.

— Non, lui, il ne sortira jamais de cet hôpital. Peut-être de ce service...

Je me renfrogne. Grève de la parole. Je tire la couverture, tourne le dos à ma mère et m'allonge. Elle m'embrasse sur le sommet du crâne, me souhaite bonne nuit et retourne à ses grippés de l'étage inférieur. Je jette un œil au centenaire qui agonise.

Un siècle? Pauvre vieux, il devrait porter plainte pour acharnement thérapeutique et Pasteur aurait mieux fait de se casser une jambe... Les progrès de la médecine nous vendent du rêve.

Suspendue en hauteur, une poche plastique de deux ou trois litres pleine d'un liquide transparent se déverse par un tuyau qui disparaît pudiquement sous ses draps, au niveau de son bassin – *beuark*, je ne veux pas même savoir où! –, puis un autre tuyau en ressort qui se déverse, principe élémentaire des vases communicants, dans une autre poche plastique d'égale contenance que la première, fixée au pied du lit, cette fois. Seul changement : d'abord jaune pisse, le liquide incolore tire rapidement sur le rouge vermillon.

Vous en déduiriez quoi, vous ?

La même chose que moi, évidemment.

Je presse fébrilement ma sonnette d'alarme. La douleur à mon rein se réveille gentiment. Fée-Rousse n'apparaît pas. Coup d'œil à la poche qui se remplit à vue d'œil et qui sera pleine dans moins de dix secondes. Pardon, cinq. Oups, trop tard !

Je continue de presser et hurle en même temps :

— Au secours !

La poche du vieux est pleine. Problème, le liquide du haut continue de s'écouler. Question : où se déverse-t-il désormais ? Monsieur Caillet s'agite dans son coma. Il se réveille, maintenant. Il écarquille les yeux. Il gesticule. Il essaie de me dire quelque chose. Je réfléchis avec ce qu'il me reste de conscience matheuse : si une baignoire qui fuit à raison de deux centilitres par heure est alimentée par un robinet qui débite du six mètres cubes par seconde, combien de temps faudra-t-il pour que le centenaire explose ? J'ai de plus en plus mal. Si Fée-Rousse débarque, je lui dirai d'abord que c'est pour moi. Je sais, c'est dégueulasse, mais je veux de la :

— Morphiiine !

L'infirmière surgit enfin. Je délire.

— Bénie soyez-vous, ma sœur !

Elle m'ignore superbement, contourne mon lit et mesure l'étendue du désastre.

— Monsieur Caillet, mais qu'est-ce qu'il s'est passé ?

— On s'en fout, donnez-moi de la morphine, j'ai maaal !

Elle ne m'entend même pas. Elle appelle ses collègues à tue-tête, elle rameute tout ce que le service contient de personnel soignant. Mobilisation générale. Ils débarquent tous pour essuyer, colmater, déboucher, reboucher, perfuser. Le petit vieux n'est plus que pression hydrostatique, expérience sanitaro-scientifique à cœur ouvert et problème de plomberie à résoudre. C'est l'opération Tempête des canalisations. *Mayday ! Mayday !* Chacun y va de son conseil. Chacun hurle. Chacun transpire. Ils téléphonent *in fine* à l'urologue responsable du carnage. Un professionnel, a dit ma mère pour me rassurer, un type très bien en qui on peut avoir confiance.

Le docteur Fay rapplique une demi-heure plus tard.

— Qu'est-ce que c'est que ce bordel ! Mais qui m'a fichu des empotés pareils !

Il donne des ordres. Il éructe. Il maîtrise parfaitement la situation. C'est beau à voir : il résout le problème en trois coups de cuillère à pot, c'est un pro, Adélaïde avait raison. Moins de cinq minutes plus tard, le vieux est perfusé, allongé, frais et dispo, relié à chacune de ses poches. Les vases communicants communiquent. Les tuyaux tuyautent. Le lino a fini de sécher. Le respirateur artificiel dispense son *bip-bip* rassurant. Et la fée rousse se tire en douce.

— Et moi ? je fais, médusée, avant qu'elle ne referme la porte.

— Vous ? Faites pas chier, hein ! hurle-t-elle comme si j'étais responsable du massacre qui venait d'avoir lieu. Vous aurez votre morphine demain, à huit heures, comme prévu !

D'ici là, même si vous êtes la fille d'Adélaïde, je ne veux plus vous entendre !

Vlan !

Et tant pis pour le silence dans les couloirs.

Alors, j'attends.

Les minutes s'égrènent, tandis que la douleur grimpe, sourde, les heures défilent, rythmées par le ballet incessant des infirmières de garde qui viennent vider les poches de sang et de pisse dans les toilettes de la chambre. Impossible de trouver le sommeil, tandis que le centenaire se remplit et se vide comme si ce n'était plus que son unique fonction vitale. Dix litres, vingt litres, cent litres. Une station d'épuration par traitement anaérobie à lui tout seul. C'est la mer Rouge, ce type. C'est Moïse repoussant les eaux pour que le peuple élu échappe aux armées égyptiennes. C'est l'exode des fluides sanguins personnifié. Il se vide, il se remplit, il se vide. Il n'en finit plus de pisser du sang. Il réduit à néant et remet en question toutes les théories scientifiques en mécanique des fluides. On a l'impression qu'il a fait ça toute sa vie. Je n'ose plus bouger, tétanisée, par crainte de perturber le cycle naturel magnifique. Le Grand Ordonnancement. La vie faite homme. Si ça se trouve, ce vieux, c'est le fils de Dieu ressuscité d'entre les morts et je suis en train d'assister à un miracle. *Te deum laudamus !* Alléluia !

Hallucinée, c'est ainsi que me trouve l'aide-soignante qui sert le petit déjeuner, à 6 h pétantes. Puis l'infirmière de jour, deux heures plus tard.

— Ressentez-vous une douleur dans le dos ?

Je fais « non » de la tête. Elle tend la main pour me toucher le bras. Le contact génère une légère décharge électrique. Je l'attrape aussitôt par le col de sa blouse et je colle mon visage au sien.

— Je suis la douleur, vous comprenez !

Elle sourit.

— Vous êtes la fille d'Adélaïde, c'est ça ?

— Morphine.

Son sourire s'élargit.

— Vous êtes bien sa fille.

— Morphine !

L'infirmière se dégage délicatement et s'affaire sur mon cathéter.

— Votre mère nous a beaucoup parlé de vous. Elle ne tarit pas d'éloges. C'est bien simple, elle vous adore. On va vous bichonner, vous allez voir.

Je hurle :

— Morphine !

— Elle a laissé des consignes très strictes pour vous.

Le produit gagne maintenant ma veine et se répand dans mon système sanguin.

— Surtout à propos de ce lieutenant de police.

Mes muscles se détendent aussitôt. Je n'entends plus rien. Je ne suis plus que paix et amour.

— Coool !

J'ouvre grand les yeux, libérée. Je couvre l'infirmière de baisers, elle s'échappe en riant. Je me retourne vers mon voisin de chambre.

— Alors Gollum, comment ça va, ce matin ?

15

Ma première journée d'hospitalisation se déroule plus calmement que la nuit, Gollum continue de se vider et de se remplir avec une constance qui force le respect et j'apprends à gérer mes émotions. J'ai envie de me foutre à poil, de danser le jerk avec mon centenaire de voisin ou de pleurer, mais en gros, je gère.

Vers 15 h, le lieutenant Personne tente une percée jusqu'à ma chambre. Il atteint même la porte où la successeuse de Fée-Rousse applique les consignes d'Adélaïde à la lettre.

— Je voudrais parler à Rose, s'il vous plaît.

— Entrée interdite.

— Mais, madame…

— Mademoiselle.

— Je veux juste prendre de ses nouvelles.

— Vous êtes de la famille ? Vous êtes vous-même souffrant ?

— Non, mais…

— Alors vous n'avez rien à faire ici !

— Dites-moi au moins comment elle va ?

— Sortez de mon hôpital où j'appelle la sécurité.

Et l'infirmière, une fois l'intrus refoulé et dûment raccompagné jusqu'à la sortie, de venir m'adresser un clin d'œil appuyé.

— Il ne reviendra plus, ne vous inquiétez pas.

Je proteste.

— J'aimerais bien le voir, pourtant.

— C'est normal, c'est la morphine. Effet indésirable.

— Mais…

Et de me claquer la porte au nez, me laissant seule en tête à tête avec Gollum, sourire édenté à mon adresse, à qui on a retiré le système respiratoire artificiel dans la matinée pour la collation de midi et qui me vénère depuis que je lui ai lu un passage des *Essais* que Montaigne consacre à ses cures thermales aux Eaux-Chaudes dans le val d'Ossau en Béarn, à Préchacq-les-Bains, à Barbotan en Armagnac et à Bagnères-de-Bigorre.

Ancien des Postes et Télécommunications, le centenaire connaît les lieux pour s'y être rendu aux frais de la Sécurité sociale afin de soigner ses rhumatismes, à la mort de sa première femme, dans les années quatre-vingt. La perspective de marcher sur les traces du célèbre écrivain le remplit d'une joie indicible. Et le souvenir de sa deuxième femme, une petite veuve coquine qui l'accompagnait, davantage encore. Lu par une jeunette de vingt et un ans sous vareuse médicale réglementaire, attachée par un cathéter à moins de deux mètres, Montaigne, c'est carrément le summum du porno chic. C'est l'*Eyes Wide Shut* de la prostate. Le *Cinquante nuances de gris* de l'urologie. Plus besoin d'abonnement au câble. Sous perfusion pénienne quasi létale, mais pas grabataire, le vieux.

Fin de journée, Camille me rend visite, mais je suis trop dans les vapes après ma deuxième prise de morphine quotidienne pour tenir une conversation. Elle laisse mon courrier sur la table de chevet, à côté de Montaigne. Elle a intercepté une lettre du collège de Gus qui regrette, en substance, de ne pouvoir conserver en son sein un élément dont la presse dénonce les agissements violents.

— «Tant que toute la lumière n'aura pas été faite sur cette affaire», cite-t-elle. Tu te rends compte!

— Mmmh, je rétorque, pas au mieux de ma forme.

Je ferme un instant les yeux pour réfléchir aux propos de ma sœur. Quand je les rouvre, trois heures ont passé, Camille est partie, j'ai retrouvé ma lucidité et Charles a laissé plusieurs messages pour me dire qu'il regrette que l'enquête n'avance pas. Gus reste introuvable. Putain de chienlit! Bonne nouvelle, toutefois : Gouy a retiré sa plainte contre Gus et ma mère la sienne contre la femme du notaire.

Je m'organise. Je sonne Fée-Rousse, de retour parmi les morts vivants de l'étage d'urologie, pour qu'elle me débranche cette saloperie de fil à la patte cathéteronique. Elle déboule une demi-heure plus tard et consent à me rendre ma liberté. J'enfile aussi sec un jean et un pull pour partir à la recherche d'Adélaïde.

Que je trouve deux étages plus bas, aux urgences, toujours aussi sexy, corps à corps avec un jeune homme de quatre-vingts printemps en proie à des convulsions grippales et le nez plongé dans l'échancrure de sa blouse.

— Pas maintenant, chérie!

Je lui pique son paquet de clopes, descends au rez-de-chaussée, trompe la vigilance de la milice canine qui fait des rondes intempestives devant le service maternité sous prétexte de plan Vigipirate et me grille ma première cigarette en vingt-quatre heures en plein mistral. Évidemment, j'ai la tête qui tourne et le sol se dérobe, le salaud! Quand je reprends vaguement conscience, une femme arborant un magnifique œil au beurre noir essaie de m'aider à me relever, tandis que je gis à terre, lamentablement accrochée au pied du cendrier.

— Allez-y! je fais en lui indiquant l'entrée des urgences. Vous en avez plus besoin que moi.

— Non, non, je ne suis pas là pour moi. J'accompagne mon mari qui vient de se casser le poignet.

Un ange passe.

Son coquard vire au violet, et moi au rouge.

Je lui conseille de planter son mari sur-le-champ et de se tirer pendant que l'interne de garde lui remet les os en place. Elle est jeune, il s'en remettra. Comme elle hésite, je lui offre une cigarette, m'en allume une et tourne une nouvelle fois de l'œil. Elle me soutient pour que je ne tombe pas. Je lui glisse discrètement à l'oreille que je connais personnellement l'infirmière en chef des urgences et qu'on peut s'arranger pour que le délai d'attente de son mari passe des trois heures syndicales à sept, voire dix heures.

— L'idéal serait quand même que vous portiez plainte.

— Mais je l'aime.

— Lui aussi. Un peu trop, si vous voulez mon avis.

Un autre ange passe, puis tout un troupeau. Je fume une moitié de cigarette, sans perdre l'équilibre. Je laisse ma sauveuse face à sa tragédie et lui fais cadeau du paquet de ma mère afin qu'elle prenne le temps de réfléchir.

Adélaïde me saute dessus à mon arrivée dans son service.

— T'étais passée où ? Ça va ?

— Je visitais.

— Je te ramène à ta chambre. J'ai un boulot de dingue. Je ne sais pas ce qu'ils ont tous, cette nuit !

Retour à l'ascenseur. Je demande des nouvelles de mon père.

— Il révise son examen. Il dit que vu l'état de nos finances, c'est le meilleur moyen de trouver des fonds pour payer le procès de ton frère. Il passera te voir en début de matinée, avant d'aller au travail. Et toi, ça roule, là-haut ?

— Je réfléchis au meilleur moyen de m'évader avec mon nouveau petit copain.

— Le centenaire ?

— On doit juste régler le problème de sa sonde urinaire, mais je suis sur le coup.

Quatrième étage. Le portable de ma mère émet soudain une série de bips stridents.

— Je dois te laisser, dit-elle après avoir raccroché.

Adélaïde redescend. Je réintègre le service urologie. Je me réhabitue à l'odeur avant de retrouver ma piaule. N'allez pas croire que j'ai une dent contre les retraités, hein ! Je sais ce que l'industrie du camping-car leur doit. Je n'ai d'ailleurs que mépris pour les populistes qui leur reprochent de ne rien foutre toute la journée, de vivre aux crochets des travailleurs et de bénéficier de réductions au cinéma et des minima sociaux.

Je me glisse dans mon lit. Le centenaire d'à côté ronfle

paisiblement. Jusqu'ici, tout va bien. Les confidences personnelles de Montaigne m'achèvent en quelques pages.

« Si les gens se plaignent de ce que je parle trop de moi, moi je me plains de ce qu'ils ne pensent même pas à eux. »

À méditer.

16

Deuxième jour : je suis réveillée, en fanfare et aux aurores, par Charles qui a obtenu un passe-droit avant ma prise de morphine.

— Surprise!

— Tu me sors de ce trou à rats?

— Je ne reste pas longtemps, j'ai une pile de successions à traiter avant le week-end.

Effets de vases communicants, rien ne se perd, rien ne se crée. Épidémie de grippe à l'hôpital, recrudescence de successions à traiter en urgence à l'étude notariale. Les héritiers sont pressés de savoir ce qu'ils vont palper à la grande loterie du décès d'un être proche. Je les entends déjà : «Nous l'aimions tant, si vous saviez!» Les grippaux décédés de ma mère deviennent les testamenteux agrippés de l'office de mon père, simple question de bon sens mathématique.

— Et Gus?

Une ombre voile un instant les traits tirés de mon père.

— Les enquêteurs ont retrouvé son portable dans une poubelle du sud de Tournon, batterie déchargée.

— Rien d'autre?

Il pince les lèvres. Je prends sa main. Le centenaire grogne dans son sommeil. Je me lève pour raccompagner mon père jusqu'à l'ascenseur. Les embrassades n'en finissent plus.

Une infirmière que je ne connais pas m'intercepte sur le chemin du retour.

— J'ai une bonne et une mauvaise nouvelle. Fini, la morphine !

— Et la bonne ?

Elle brandit une boîte d'anti-inflammatoires.

— Nouveau traitement !

Adieu arcs-en-ciel opiacés, bonjour mélancolie des corticoïdes.

Je soupire.

— Je porte plainte.

Elle rit aux éclats. La nouvelle est facétieuse. Je gobe sa pilule sans plus de commentaires et retourne à mon lit de douleur. Les élancements dans ma vessie disparaissent, la bonne humeur morphinique avec. Il faut dire que les anti-inflammatoires mettent de mauvais poil. Effet secondaire associé : ma présence dans cette chambre d'hôpital prend de plus en plus l'allure d'une farce pathétique.

Gus me manque.

Kill-Bill et les siamois aussi.

J'organise la résistance active. Dans la matinée, je fais le tour des patients valides et mets en place dans le pavillon des cancéreux un récital de poésie romantique pour les petits vieux du service d'urologie. Succès garanti. Plus d'hommes que de femmes, ça me change du salon de coiffure.

Ils en redemandent :

— Une autre ! Une autre !

Après Coiffure et Culture, Prostate et Sonate (en urée mineure).

Alerté par les cris d'une septuagénaire au bord de l'apoplexie orgasmique, l'interne déboule en pleines méditations poétiques et vers impairs de Lamartine. Il annule *manu militari* le spectacle improvisé, au grand dam de ses pensionnaires.

Les sifflets fusent, la septuagénaire fait un doigt d'honneur, les grabataires ne sont pas en reste.

— Hou! Hou!

Solidaires, les petits vieux ne reculent devant rien et jettent tout ce qu'ils ont sous la main, dentiers, poches d'urine, semainiers. Mais l'interne a moins de trente ans et maîtrise prestement la rébellion.

Penaude, je me rapatrie dans mes quartiers où m'attendent Pacôme, Camille, Ferdinand et Adélaïde, ravie de voir une partie de sa petite tribu réunie sur son lieu de travail.

— C'est gentil d'être venus me voir.

Pacôme me sourit.

— Ça va, petite sœur?

— Je m'ennuie prodigieusement.

— Ferdinand, tu me prêtes vingt euros? demande Camille.

— Pour quoi faire?

— Ça te regarde?

— T'as qu'à bosser, si t'as besoin de fric.

— Ferdinand! gronde Adélaïde.

— Althusser avait bien de la chance d'être fils unique.

Je m'étouffe :

— Ce taré bipolaire a étranglé sa femme !

— Je ne vois pas le rapport.

— Passer trois années de doctorat sur un vulgaire tueur misogyne sous prétexte qu'il a un peu philosophé sur Marx, Hegel et Lacan vaut bien un petit prêt bancaire en faveur de ta sœur.

— Je ne vois toujours pas le rapport, répond Ferdinand qui sent bien que la conversation lui échappe.

Je cherche la réplique qui tue, pour l'achever, mais rien ne vient. Les anti-inflammatoires m'ont coupé la chique et filé le bourdon.

Je m'affale sur le lit :

— Emmenez-moi avec vous, je vous en conjure !

Ce à quoi Adélaïde rétorque :

— Vous faites tous suer !

Puis :

— Je vous aime.

Et enfin :

— Ferdinand, Pacôme, allez faire les courses. Camille, tu restes ici pour réviser ton bac de français avec ta sœur. Rose, si tu es sage, tu sors demain… Oh mon Dieu, je suis en retard !

Avant de disparaître, suivie de ses deux aînés, nous laissant seules et désœuvrées, Camille et moi. J'attrape un morceau de camembert sur le plateau-repas, le renifle prudemment et le repose.

— Tu as des clopes ?

Camille se recoiffe.

— Il y a des urgentistes en grève, en bas.

— Je prends une douche et on y va. Discute avec Gollum en m'attendant.

— Qui ça ?

— Le vieil obsédé qui te reluque, juste derrière. Fais gaffe, il cherche à se remarier.

*

— Les métaphores animalières, ça me fait chier ! s'écrie Camille, ulcérée.

Je proteste énergiquement :

— C'est une pièce sur les totalitarismes et le langage, pas sur les figures de style.

— Je préfère discuter avec Gollum.

Elle se retourne vers mon voisin de lit qui ne pipe pas, façon de parler, et la dévore du regard.

— Camille !

Elle fait volte-face, boudeuse.

— Et puis, *Rhinocéros*, tu parles d'un titre ! Et cette maladie, là, la rhinocérite, c'est complètement absurde, ce truc !

— C'est ça. Exactement ça. Voilà ce que dénonce Ionesco dans son théâtre de l'absurde. Plus de tragédie, plus de comédie, comme chez Sartre ou Jarry. Il déstructure le langage car lui aussi est atteint de cette épidémie imaginaire, la rhinocérite, qui effraie les habitants et les transforme en rhinocéros parce qu'ils restent passifs, tu vois ?

— Comme dans *La Mouche*, le film de Cronenberg ? hasarde Camille.

— Oui !

J'ouvre le livre et le lui fourre sous les yeux.

— Regarde, l'acte II, il y a cette scène où Jean qui se métamorphose refuse que son ami appelle un médecin. Il est comme possédé. Sa voix est rauque, il émet des barrissements. Alors qu'il était cultivé, l'épidémie de rhinocérite ne l'inquiète même plus. Vois ce qu'il dit : «Après tout, les rhinocéros sont des créatures comme nous, qui ont le droit à la vie au même titre que nous!» Tu comprends? C'est le raisonnement par l'absurde. C'est comme dans sa première œuvre majeure, *La Cantatrice chauve*. C'est…

— Chiant!

Je repose le livre, dépitée, et saisis le suivant, *Cyrano de Bergerac*.

— Celui-là, alors!

— J'en ai marre.

Je feuillette le livre.

— On pourrait dire bien des choses en somme.

— Il est bientôt huit heures, le bac est dans deux mois et Tonio doit passer me prendre dans dix minutes.

— En variant le ton, par exemple…

— Tu m'emmerdes, Rose. Je me tire. Je l'attendrai en bas.

Je déclare forfait.

— Avec plaisir.

— Merci pour la leçon quand même.

Camille m'embrasse et se précipite dans le couloir. Je pense : plus qu'une nuit et je me tire. Je me traîne jusqu'à la salle de bains, fais mes ablutions, revêts ma tenue d'apparat réglementaire minimaliste spéciale nuits médicales et me glisse dans le lit.

— C'était votre sœur?

Je tourne la tête vers Gollum.

— Vous m'avez parlé ?

— La fille, là, c'était votre sœur ?

— J'ai deux frères comme ça aussi, dis-je d'un ton sec, pour qu'il ne se fasse pas trop d'idées.

Il fronce les sourcils.

— Et ça ne vous gêne pas ?

— Qu'elle soit ma sœur ?

— Non, sa couleur de peau.

Je manque de m'étouffer. Non, en fait, je m'étouffe carrément.

— À votre avis ?

Il médite ma réponse un instant. Pas sûr qu'il capte la subtilité de ma repartie.

— Votre père n'a rien dit ? s'enquiert-il.

— Comment ça ?

— Les aventures extraconjugales de votre mère.

— Oh !

Je vois où il veut en venir. Je le surprends à loucher sur mes cuisses. Je tire la couverture sur moi pour maintenir la conversation au-dessus de la ceinture.

— Mes parents les ont adoptés, dis-je, cassante.

— Vous voulez dire qu'ils l'ont fait exprès ?

— Quelque chose comme ça, oui.

La cicatrice de mon cathéter me démange. Le vieux a l'air contrarié. Un parfum étrange flotte dans l'air.

— Ça vous pose un problème ?

— J'ai pas mal vécu, vous savez. À droite, à gauche, à l'étranger. J'ai fréquenté de jolies poupées exotiques comme votre sœur, dans ma jeunesse. Et pas farouches, avec ça !

Je tique. Le vieux affiche un sourire graveleux et déplai-

sant. En fait de parfum, ça commence à puer singulièrement. La démangeaison se renforce.

— Exotiques?

— Vous voyez ce que je veux dire. On se comprend, quoi.

— Pas trop, non. Je suis censée rire?

Clins d'œil appuyés.

— J'ai eu des aventures, mais de là à déclarer les gamins
un peu cacao que j'ai semés un peu partout, hein…

— Un peu cacao?

— Oui, enfin, comme votre sœur, là.

— Cacao?

— C'est ça.

J'inspire lentement. Le vieux, je le préférais intubé et sous
analgésiques. Silencieux, quoi. Juste le *bip-bip* consensuel
du monitoring. J'expire.

— Cacao.

— Dites, vous vous répétez.

— Cacao.

— C'est une idée fixe.

Je n'entends pas la suite. Les résidus de morphine présents
dans mon système sanguin associés aux corticoïdes me
montent au cerveau. Fée-Rousse, de retour dans le service,
fait son apparition juste à temps pour m'empêcher d'étouffer le centenaire avec le contenu de sa poche d'urine, à moitié nue, à califourchon sur son ventre, les mains en guise
d'entonnoir.

— *Glop, glop, glop!* robinète le vieux tandis qu'elle essaie
de me tirer en arrière.

— Cacao! scandé-je comme un slogan politique en lui
enfournant la poche dans la gorge.

Deux aides-soignantes débarquent à la rescousse. Le vieux simule un malaise. Overdose d'urines maurrassiennes. J'en connais qui ont perdu un œil pour moins que ça. Avec un peu de chance, il ne sera pas en état de signer sa procuration pour la présidentielle. Peut-être même pas les législatives derrière. Quelque part, je rends service à la France. Mon côté patriote. Le vieux est évacué d'urgence en soins intensifs.

— Et qu'il y reste! je hurle, au milieu du couloir, alors que son lit disparaît derrière une porte à double battant.

C'est là, pantelante et le cul à l'air, que j'en arrive à la seule conclusion qui vaille, au terme de cette journée de merde. Cette histoire de coliques néphrétiques a assez duré. Gus est innocent. Il a besoin de toute sa famille. Qu'est-ce que je fous là, à me battre contre des moulins à vent incontinents? Les arthritiques de la vessie me gonflent. Mes petites vieilles de Popul'Hair me manquent. Elles perdent leurs cheveux, ont des goûts de chiotte en matière de permanente, mais au moins, elles pètent le feu, bouffent leur retraite à pleines dents et piquent les cotisations des actifs avec le sourire et le mors aux ratiches.

Autrement dit : sonde double J ou pas, j'me casse!

Ionesco me souffle à l'oreille :

— Camille n'est peut-être pas encore partie.

Je retourne en vitesse dans la chambre me changer, je récupère ma boîte d'anti-inflammatoires et mon tee-shirt AC/DC et je dévale en boitant les quatre étages qui me séparent de la liberté.

Quelque part dans les entrailles de l'hôpital, résonne la

plainte souffreteuse d'une sonde urinaire que l'on enfonce dans le pénis d'un vieux rhinocéros lubrique qui ne demande que ça.

À laquelle je réponds, en écho :

— Vous ne m'aurez pas.

17

Retour aux affaires, dopée au Dafalgan et au Voltarène 75 mg. La douleur dans mes reins est tenace mais je suis une guerrière.

J'ai une furieuse envie de bouffer la vie et de niquer la mort – ça, ce n'est pas de moi, ce sont les paroles de Zarije Destanov, dans le *Chat noir, chat blanc* de Kusturica.

Kill-Bill, Thalabert et Gobbo me font une fête de tous les diables à mon retour. Ce sont bien les seuls à être d'humeur. Mon père potasse son droit dans le salon, chaperonné par Ferdinand et Pacôme qui eux étudient respectivement Marx et les courbes elliptiques du mathématicien Andrew Wiles. Camille compulse les voluptés linguistiques de l'œuvre d'Edmond Rostand avec Tonio dans sa chambre. Antoine rumine devant *Total Recall* dans sa piaule sur la condition des ouvriers dans les boulangeries martiennes. Adélaïde panse ses plaies à l'autre bout de la ville. Tout le monde s'agite, tout le monde fait semblant, mais le cœur n'y est pour personne. L'absence de Gus et notre impuissance nous hantent tous.

Je m'enferme dans la salle de bains, compte les balafres

apparentes, vérifie que je n'ai pas rapporté de punaises de lit et m'habille pour sortir, l'âme plus noire et en colère que jamais.

Trois coups de fil, comme pour les condamnés.

Le premier à Adélaïde qui m'assaisonne :

— On a dit : tu sors si tu es sage, Rose !

— Comme une image.

Je raccroche et en deux, je compose le numéro de Gus. Je bascule sur messagerie. Je coupe sans laisser de message.

Trois, Vanessa :

— Je cherche à joindre le lieutenant Personne.

— Tu es sortie de l'hôpital, ma belle ?

— Tu ne pourrais pas aller frapper à sa porte, voir s'il est chez lui ? C'est à deux pas de chez toi, s'il te plaît. Je n'arrive pas à le joindre.

Silence.

— C'est urgent.

— Bon, je te rappelle.

Mon téléphone sonne, trois minutes plus tard.

— La voisine dit qu'il est parti il y a vingt minutes.

— Où ?

— Elle ne couche pas avec lui. Et toi ?

— Je te rappelle demain.

Bon, quatre finalement : j'appelle le commissariat. Une voix rauque, à la millième sonnerie, m'apprend que le lieutenant est sur le terrain.

— Où ?

L'individu renâcle. Je ne me laisse pas démonter.

— Passez-moi le divisionnaire, je vous prie, de la part de madame Mabille-Pons.

— À Glun, au barrage.

Frisson glacé dans le dos et coup de sang. Jeté en travers du Rhône, le barrage de Glun se situe en aval de Tournon. C'est le rendez-vous favori des médecins légistes. Il paraît qu'on peut déterminer le nombre de kilomètres qu'un corps a parcouru dans les eaux boueuses du fleuve à son état de décomposition et à la variété des vers qui lui bouffent la chair quand on le repêche, une fois coincé contre les grilles des conduites d'évacuation.

Je refoule la première image qui me vient à l'esprit.

— Dites pas que c'est moi, supplie le flic.

— Priez plutôt pour que ce ne soit pas mon frère.

Je coupe, j'embrasse Charles un peu plus fort que d'habitude, sans lui dire où je vais, et je démarre la Saxo qui ronronne comme un morceau douloureux de John Coltrane, torturé à la trompette par Chet Baker. Je n'allume pas l'autoradio, par peur d'apprendre une mauvaise nouvelle, et je n'y insère aucun disque. Juste Coltrane, Baker, l'angoisse qui me mord le ventre et me saisit à la gorge, et le sifflement du mistral sur la carrosserie.

Je fonce, sans me soucier des appels au secours répétés de mon uretère malmené. Je passe l'ancienne coopérative agricole, puis la déviation de Mauves. Je franchis la voie ferrée, je bataille dans les tournants de La Roche-de-Glun, ferraille avec la troisième vitesse qui grince et déboule sur l'esplanade du barrage éclairée par les lueurs stroboscopiques des gyrophares de police. Route barrée, quelques curieux agglutinés sur la berge. Un canot pneumatique lutte contre le courant, à proximité du déversoir central. Un plongeur émerge hors de l'eau noire, des mains se tendent pour le faire grimper à bord. Le type retire son masque et secoue la tête. Un filin est tendu jusqu'à la grande échelle des sapeurs-pompiers, installée sur la route goudronnée qui relie l'Ardèche à la Drôme. Mon cœur cesse de battre tandis qu'il s'enroule. L'échelle ploie. Je cherche Personne des yeux, parmi la foule des képis et des casques qui se presse au-dessus du réservoir. Je m'avance. Un uniforme m'arrête au niveau du cordon sanitaire. Je passe en force, il me retient par le bras.

Je lève sur lui des yeux éplorés.

— Mon frère, je balbutie en désignant la masse sombre que l'on extrait du fleuve.

Le flic me lâche. Je me précipite en direction de l'attroupement. Je repère finalement Personne sur qui je me jette, prête à sauter à l'eau pour aller chercher Gus. Le policier m'intercepte, l'oreille vissée à son portable. Devant nous, la carcasse dégoulinante d'une berline qui a dû autrefois être blanche s'extirpe hors de l'eau et s'élève dans les airs. Personne maintient avec fermeté ma main dans la sienne. Je tire, je tire, m'accroche à la rambarde, le traînant derrière moi. La grue pivote, la voiture redescend et retombe sur le bitume.

Personne crache des consignes dans son téléphone. J'entends les mots Opel Manta, voiture volée, deux jours maximum. Des uniformes décrochent le filin et ouvrent les portières avant et le coffre au pied-de-biche, dans un fracas de grincements métalliques. Les plongeurs regagnent la berge, sourire aux lèvres. Des voix s'élèvent. Personne referme son portable d'un claquement sec, l'empoche et se tourne vers moi.

164

— Bonne nouvelle, dit-il en relâchant la pression sur mes doigts, Gus n'est pas là.

— Tu es sûr?

— Certain.

— Pas dans l'habitacle?

— Ni dans le coffre.

— Ni dans l'eau?

— Ni dans l'eau.

Mon premier réflexe est de hurler.

Le deuxième, d'embrasser à pleine bouche ce petit flic aux yeux vert pêche et aux lèvres cerise qui vient probablement de sortir l'une des premières preuves tangibles de l'innocence de mon petit frère.

«Aussi longtemps que tu voudras», dirait Aragon.

Bouffer la vie, je vous disais.

Et niquer la mort.

— J'ai envie de toi, je murmure.

— Si c'est à cause de ton frère, l'émotion, tout ça…

— Putain, ça risque pas!

18

Adélaïde va me haïr.

Non.

Elle ne haïra jamais sa fille. Quand elle apprendra que j'ai couché avec un flic, elle va juste tuer le lieutenant Richard Personne. À mains nues. En prenant son temps, avec les ongles et les dents. Au nom de toutes les victimes d'exactions policières de tout temps et de tous pays. Pour le symbole. Et seulement après, elle me tuera, moi. Question de principe, cette fois-ci.

Bon, les principes, je veux bien, mais les symboles, ça me les a toujours brisés, menu – je fais allusion à mes ovaires, bien sûr.

Le cul, c'est le cul, après tout, quoi, merde!

Et «ce qui fut sera», comme dirait Aragon à Elsa.

— L'amour fantasmé vaut mieux que l'amour vécu, ne pas passer à l'acte, c'est très excitant, rétorquera ma mère en citant Andy Warhol.

— Qui a dit beaucoup de conneries.

— Mais pas là.

— Et qui en a fait, aussi. Ou pas fait, du coup.

— Abstinence, scandera-t-elle avec Claudel.

— C'est l'hôpital qui se fout de la charité.

— Trahison! accusera-t-elle avec Zola.

— Je reconnais bien là ton esprit étroit et obtus.

Ou un dialogue de sourds dans le genre. Le mieux, c'est encore que je ne lui dise rien.

Pour l'Opel Manta retrouvée au barrage, par contre, j'envoie un texto à Charles, histoire qu'il ne l'apprenne pas dans le journal.

Je suis seule dans le lit. Un petit lit de célibataire, style futon suédois, pas très confortable, pas si pratique que ça, pas cher, quoi! Une odeur de café plane dans l'air du studio que loue Personne, présentement sorti de la douche et en train de piocher dans sa discothèque un truc qui pourrait me convenir. Il est cinq heures, les notes d'un morceau de Depeche Mode sortent des enceintes de sa chaîne hi-fi, taille et performances suédoises, elle aussi, pas chère, donc. *Argh…* Mes tympans en prennent en coup. J'hésite à lui dire qu'après un mois d'abstinence et une nuit de sexe, j'ai plutôt envie de *Arma-Goddamn Motherf**kin-Geddon* de Marilyn Manson. Pas sûr qu'il comprenne. Pas sûr non plus qu'il sache de quoi je parle. Je me dis que Gus aime bien ça, la new wave. Ses goûts sont éclectiques. Plutôt tolérant, le frangin. C'est même le seul adolescent que je connaisse à pouvoir être pote avec des punks à chien, des fans de musique électro, des hystériques de Francis Cabrel ou des amateurs de jazz expérimental.

Ça m'arrache un sourire. Je repense à cette fois où, peu après son arrivée en France, un gamin de mon âge avait traité Gus de sale Arabe devant moi.

— Qu'est-ce que tu viens de dire?

— Tu as très bien compris.

Le gamin avait filé. Je ne l'avais pas arrêté. Gus avait sept ans, je crois, et moi cinq de plus. Il s'était tourné vers moi et avait grommelé dans sa barbe :

— Je suis pas arabe, moi.

Que répondre à un truc aussi stupide et définitif? Que si, il l'était un peu, arabe, que nous l'étions tous, que c'était plutôt rigolo, en fait, même si, d'un autre côté, le mot *arabe*, lui, ne voulait rien dire, qu'il était vague, qu'il y avait tout un contexte, qu'il était détourné et servait des intérêts politiques et politiciens médiocres, qu'il empestait le rance, une certaine lecture de l'histoire de France. J'étais trop jeune, ça me dépassait… J'en suis restée comme deux ronds de flan. Pétrifiée. Incapable de trouver les mots justes. Parce que je venais de réaliser que l'adoption, c'était pas juste une affaire d'amour sans frontières telle que Charles et Adélaïde nous l'ont apprise. Ça m'a terrifiée. Je me considérais comme la sœur de Gus. Point barre. Sans condition. J'allais dire : naïvement. Mais pas les autres. Pas la plupart des gens autour de nous qui, eux, me voyaient et me verraient toujours comme « la fille de sang » de mes parents. J'ai réalisé aussi que ça serait toujours plus simple pour moi, alors que nous vivions, Gus et moi, sous le même toit, avec la même famille, le même clébard puant et affectueux, la même éducation. Pour les Colombiens, passé le folklore bête et méchant, la moindre erreur les renverrait à leurs origines – c'est dans leur sang, vous comprenez ma p'tite dame, ils n'y peuvent rien, c'est plus fort qu'eux. Moi, on me pardonnerait toujours. Ça m'a fichue en rogne et je réalise que c'est toujours le cas. Charles et Adélaïde ont fait ce qu'ils ont pu pour nous préserver, tous les six, de ce monde si laid, mais ça n'a rien changé à l'affaire. Les gens continuent d'avoir de la purée dans le crâne. Ils voient de la charité chrétienne à la place de l'amour. Une sorte de colonisation douce. Qui sait, peut-être que Camille n'a pas tort, mes coliques néphrétiques, c'est en partie psychosomatique. Une façon comme une autre d'expulser toute cette merde qui s'amalgame, façon calcul rénal, dur comme de la pierre et tranchant comme une pensée nauséabonde.

Les mots prononcés par Gus résonnent encore dans ma tête :

— Je suis pas arabe, moi.

Comme une punition. Ce qui, dans son langage enfantin, signifiait qu'il était colombien et qu'il y avait méprise sur la personne. Sous-entendu, le gamin était vraiment nul en géographie. Mais au-delà qu'il subsistait une sorte d'injustice. On le confondait avec un autre. Un étranger. Lui ne se sentait pas étranger, mais adopté. Colombien adopté français. Par des gens qui l'aimaient. Le racisme antimaghrébin ne l'effleurait même pas. Il ne savait tout simplement pas de quoi il s'agissait. C'était précisément là où se nichait la violence mesquine de l'accusation. Dans un monde idéal, un enfant de sept ans n'aurait jamais dû avoir à se poser cette question.

La même ignorance crasse qui se perpétue, plus d'une décennie après, à la une du journal local, et à laquelle je ne sais toujours pas comment répondre autrement que par la colère, parce que les abrutis qui ont appris à ce gamin à user de ce «sale Arabe» comme d'une insulte sont encore plus nombreux qu'hier. Faut croire que ma colère ne sert à rien et que Gus et moi sommes impuissants. C'est même devenu une blague, entre nous. On se balance du « sale Arabe » rieur dès qu'on se chamaille. Ça fait hurler Adélaïde, évidemment, qui le prend au premier degré. Moi, je dis que les slogans imbéciles sont faits pour être détournés. Mon petit doigt me murmure à l'oreille que Gus est de mon avis. Va pour ces sales Arabes britanniques de Depeche Mode donc, et mort aux cons !

Je m'étire et réajuste l'édredon sur lequel je lézarde un peu, façon Francis Ponge. Vert-Pêche me rejoint sur le lit-futon, dans le plus simple appareil. Fesses poilues, ça me plaît. Pas forcément les poils, mais le fait qu'il n'ait pas cédé au marketing malsain de l'épilation peau-de-bébé-Cadum – comme si la pilosité nuisait au plaisir et à la performance. Ça m'arrange. D'une part, parce que je ne suis pas trop ticket de métro, voire franchement feignasse du maillot. D'autre part, la performance, ça m'emmerde.

Je l'embrasse. Ma main glisse jusqu'au bas de son dos. Pas mal, pas mal…

— Tes parents aussi sont flics ? attaqué-je en plein préliminaires.

Il se marre.

— Ma mère bosse à l'usine de soie, à la sortie de Tournon.

— Ouvrière ?

— À la chaîne.

— Et Personne père ?

— Vendeur d'occasions dans une concession automobile.

— Je suis désolée.

— Il porte des cravates roses, il va t'adorer.

170

— Pas de flics, alors ?

— Pas de flics.

— Sauf toi.

— Mais je me soigne.

Je repousse la couette et me lève.

— Et sinon, quand est-ce que tu démissionnes ?

Vert-Pêche me dévisage d'une drôle de manière. Cet air curieux où tu retrouves l'embarras de tes dix ans, sauf que ce n'est plus le surveillant de la cour d'école qui te regarde de haut parce que tu fais péter des préservatifs remplis d'eau au robinet des toilettes communes, mais le type qui a conçu le latex ultrarésistant et qui croyait que son invention lui ouvrirait les portes de la NASA ou de l'Institut Pasteur. Et pas celles des salons fétichistes et de l'industrie pornographique mondialisée. Ça sauve des vies aussi et c'est souvent moins dangereux que l'aérospatiale et les antibiotiques réunis, mais faut reconnaître que l'optique n'est pas la même.

— Faut d'abord retrouver ton frère, me répond-il le plus sérieusement du monde.

Pas mieux.

— Ma sonde Double Jeu a la dalle ! je m'exclame. Qu'est-ce qu'on mange ?

Nous devisons gaiement, assis sur le futon, entre biscottes rassises et picodon. Ça me fait du bien, comme l'amour. J'ai besoin de rire. Mon esprit de contradiction : moins ça va, plus je veux me marrer. Les soucis, ça me creuse la fringale joyeuse. Par contre, parler d'amour, même festif, ça m'ennuie prodigieusement. L'amour, ça se pratique, ça ne se dit pas. Faut que ça reste artisanal et bancal, sinon ça vire à la science kamasutraque ou à l'industriel dorcellien. Autant

171

regarder *Derrick* l'après-midi en mangeant des muffins à la mûre, ça revient au même. Alors, entre deux bouchées, je sors le grand jeu, celui qui ravit les clientes de Popul'Hair quand je n'ai pas le goût à déclamer sonnets et alexandrins. Vert-Pêche est partant. Tout le monde peut s'amuser, le principe est simple : parler.

Je me lance :

— Quels sont tes mots préférés ? Précision : tu as le droit de ne pas savoir ce qu'ils signifient ni leur orthographe exacte – mais c'est mieux quand même. C'est un jeu purement ludique et esthétique, ça ne sert à rien, et comme tout ce qui ne sert à rien, c'est évidemment très important. Tu es prêt ?

— Prêt.

Je lève le bras, compte jusqu'à deux et demi et le baisse brutalement.

— C'est parti !

— Réminiscence, vespéral, volute.

Je siffle.

— Joli ! Tu connais le jeu ?

Il fait « non » de la tête.

— À toi, maintenant.

— Dessillement, éthéré, grège, mithridatisé.

— Le dernier, génial. Jamais entendu.

— Ça veut dire : rendu insensible, comme les apiculteurs après des centaines de piqûres d'abeilles.

— Et grège ?

— À ton avis ?

Vert-Pêche grimace.

— Un rapport avec le verbe agréger ?

Je souris, indulgente.

— Aucun. Il s'agit de soie brute, naturelle, celle qui vient d'être tirée du cocon avant traitement, légèrement beige.

— Un peu comme toi.

— Tu me trouves brute?

— Je pensais plutôt à naturelle et soyeuse.

Je minaude et plonge ma biscotte dans ma tasse de café. J'en perds la moitié entre la tasse et ma bouche.

— J'aime bien aussi opprobre, gourmander, gauchir et malhabile.

— Tu dis ça pour moi?

— Malhabile? Je trouve ça mignon, moi. C'est comme gauchir, donner une légère déformation, comme une porte qui ne rentre plus tout à fait dans son cadre parce que l'humidité l'a fait gonfler ou légèrement vriller. Malhabile, c'est comme un type un peu gauche qui ne rentre pas tout à fait dans les cadres.

Vert-Pêche fait la moue.

— Je suis ce genre de type?

— Je pensais plutôt à Gus et, par extension, à ma famille un peu atypique.

Il hoche la tête et se ressert de café.

— Tu veux en parler?

— Tu as l'intention de venir déjeuner chez nous dimanche midi pour demander ma main?

Il rit – bon sang ce que ça fait du bien!

— Ta mère ne m'aime pas.

— Moi non plus.

Il en reste bouche bée, l'apprenti flicaillon, et même, rapidement, il tire la tronche. Le second degré a ses limites. Je lui roule une pelle de chantier pour lui prouver que je plaisante.

— Adélaïde est contre le mariage, précisé-je. Moi aussi. D'ailleurs, elle est également contre la famille – elle parle volontiers de tribu. Contre les flics. Contre l'école. Contre l'État. En fait, elle est contre toutes les institutions en général et la discipline en particulier.

— Et l'hôpital?

— Contre.

— Elle y bosse, pourtant.

— Elle a une tribu à nourrir.

— Le travail?

— Salarié? Contre aussi, bien sûr.

— C'est contradictoire.

— Si tu connais un hôpital qui l'embauche sans fiche de paie et sans numéro de compte bancaire, elle est preneuse.

— Mouais.

— Là, c'est rien. Attends d'en discuter avec elle!

Je lui tire la langue, puis je saute sous la douche, tous poils pubiens dehors, fesses sonnantes et trébuchantes. Le regard de Vert-Pêche s'attendrit et vire à l'émeraude cinabre, limite rubicond. J'en rosis. Je frotte néanmoins dans les plis et replis, rince, sèche, je ressors sur ma lancée, bondis derechef dans mon jean et mon pull à capuche Motörhead à liseré rose, brodé et cousu main, et dépose un baiser rapide en passant.

— À plus tard!

La porte claque derrière moi. Il est sept heures. Mon téléphone sonne quand j'atteins le palier d'Odette. Je consulte l'écran, je décroche. Vanessa, la voix en compote:

— Je partais acheter du pain et le voilà, devant moi.

— Qui ?

— Ton frère, Gus.

Je défaille. Flageole. Me raccroche à la rambarde pour rester stable.

— Où ça ?

— Au milieu de la passerelle piétonne.

Je reprends mon souffle, elle aussi. Une porte s'ouvre à la volée à l'étage supérieur. L'oreille vissée au téléphone, Personne se penche au-dessus de la balustrade et hurle à mon intention :

— On a retrouvé ton frère ! Sur le pont suspendu qui relie Tain à Tournon !

Vanessa, à l'autre bout de la ligne :

— La police est déjà là.

— Préviens mes parents, je fonce.

19

La scène se déroule au ralenti.

J'atteins la passerelle avant le lieutenant Personne. Le mistral me fouette le visage. Je fends la foule qui tangue sur le plancher de chêne et se presse vers un seul but : le centre du pont. Vanessa a vu juste : Gus se tient au milieu, à la verticale de la pile, hagard.

Il n'est pas seul.

Une dizaine de policiers menés par le commissaire divisionnaire Boyer l'encerclent. Pas pour l'attraper, pas tout de suite. Pour le protéger. Des autres, situés tout autour, une cinquantaine, peut-être davantage. La foule abrutie et véhémente qui réclame la tête du bourreau du buraliste toujours dans le coma. Le coupable, un gamin de quinze ans qui tient à peine debout et qui cherche parmi eux un visage amical.

La presse est là, également, toutes dents dehors. Des iPhone brandis en guise d'étendards immortalisent la scène. Le dénouement du feuilleton de la décennie se joue là, devant leurs yeux. C'est bête, des gens en colère, c'est méchant. Ils ne veulent rater ça pour rien au monde. J'en connais certains. Sur mon passage, des regards familiers me fuient. Bêtes et méchants, mais honteux aussi, forcément.

Le lieutenant Personne me rattrape et me dépasse. J'avance dans la même direction que lui, mais j'ai l'impression que ça dure des siècles.

Et puis j'y suis.

Au cœur du cercle. Dans l'œil du cyclone. Avec Gus qui m'a reconnue et qui se précipite dans mes bras avant que j'aie pu réagir.

— Rose, Rose…

— Tu es là, tu es vivant !

Je l'embrasse, je le chéris, je le couvre de baisers, c'est si bon de le voir, de le toucher, de le sentir, je l'ausculte. Je vois aussi ses traits tirés, les cernes, les traces de coups, les muscles tendus, les pupilles dilatées, l'épuisement, la saleté.

— Gus, qu'est-ce qu'ils t'ont fait ?

— Ça fait du bien de te voir… J'ai réussi à m'enfuir, encore… Tu ne me lâches pas cette fois, hein !

— Je te jure que non !

Il s'affaisse dans mes bras, il lâche prise, ses doigts m'agrippent. Je relève la tête, animée d'une idée fixe.

— Je vais te ramener à la maison.

Mais autour de nous, la foule gronde. Les troupes de Boyer la contiennent, mais je ne passerai pas. La foule déguste le drame qui se joue sous ses yeux. La foule a soif de vengeance, mais elle est au spectacle, également. Elle réclame du tragique, des cris, du sang, des larmes et elle en veut pour son argent, la foule. Elle aspire à percevoir le remboursement de la dette et l'intérêt de la dette. La dette, c'est sang pour sang, celui du jeune délinquant pour celui

177

du brave commerçant tombé au combat de la vente de cartouches de cigarettes et de magazines de mode. L'intérêt de la dette : que cela ait de la gueule et qu'on se le raconte les soirs d'hiver, autour du feu. Bête, méchante, honteuse et rentière.

Jusqu'à ce cri qui suspend les sifflements du mistral dans les câbles du pont et domine la clameur. La foule rhinocéritique se tait enfin car voilà la mère du bourreau. Au mieux, entre en scène la pauvre femme éplorée, celle qui par bonté d'âme a voulu sauver cet enfant, le tirer des griffes de la misère et qui a échoué, une victime collatérale, en quelque sorte. Au pire, la salope qui a introduit le ver dans la pomme, affublée de son complice de mari. La foule hésite, elle retient sa respiration : victime ou coupable ? Acte III, scène finale. Le drame est total, le décor est planté, les protagonistes sont réunis.

Charles joue des coudes, Adélaïde se précipite dans l'arène et met fin au suspense :

— Ne touchez pas un cheveu de mon Gus, bande de sales bâtards !

Rideau !

S'ensuit une opération d'exfiltration qui restera dans les annales familiales où dix policiers, n'écoutant que leur courage et faisant rempart de leurs corps, trouillomètre à zéro, escortent Adélaïde, Charles, Gus et moi-même jusqu'au commissariat, sous le regard médusé d'une meute d'honnêtes gens enragés qui voient s'éloigner l'os à moelle qu'ils s'apprêtaient à sucer, puis à broyer.

Quatre cent cinquante mètres, en formation tortue

approximative, comme dans les manuels, de la passerelle à la place Auguste-Faure.

Sept minutes trente-quatre et douze centièmes d'un face-à-face émouvant entre justice et chaos qui se termine derrière la porte blindée, et verrouillée, de l'hôtel de police.

Tout le monde respire, les policiers s'épongent, ma mère serre son fils contre son cœur à l'en étouffer, mon père me tient contre lui.

Une voix s'élève dans le hall, grave et assurée :

— Bon.

Le meneur d'hommes bombe le torse. Il n'a pas failli. La mission a été menée à bien. Le commissaire divisionnaire Boyer arbore la mine satisfaite du héros victorieux, mais modeste.

Une paire de menottes apparaît entre ses mains, qu'il balance à l'agent le plus proche.

— Maintenant, ordonne-t-il avec flegme, menottez-moi ce gamin, conduisez-le en cellule, montez-moi un café, appelez-moi le juge d'instruction et passez-le-moi dans mon bureau. Et vite ! La journée promet d'être longue.

Adélaïde se fige, ouvre la bouche pour protester, je fixe le lieutenant Personne pour qu'il intervienne, mais Boyer a décidément l'avantage. C'est lui, le maître des lieux et le chef de la meute.

Il balaie l'assistance des yeux et lance, d'un ton égal :

— Et qu'on me vire la famille, qui n'a absolument rien à faire ici.

20

— Non, non et non !

L'agent de police qui vient nous ouvrir dissimule mal son embarras.

— Impossible, madame.

— Et si je veux rester quand même ? argumente posément Adelaïde, debout dans l'encadrement de la cellule de dégrisement, jambes écartées, les mains sur les hanches.

— Vous êtes libre, vous devez vous en aller.

J'ai déjà les deux pieds dans le couloir, prête à sortir de la pièce sordide où l'on nous a enfermées. Je suis sur les rotules et j'ai besoin d'y voir clair, après la nuit que je viens de passer, les retrouvailles avec Gus, l'arrestation musclée et la bataille rangée qui a suivi dans le hall du commissariat, au cours de laquelle ma mère s'est jetée sur le divisionnaire Boyer pour tenter de lui arracher 1) son sourire satisfait et 2) mon petit frère, et qui nous a valu deux heures de garde à vue pour complicité de tentative d'évasion en bande organisée.

Adélaïde veut rester, par solidarité envers son fils, injustement emprisonné, après avoir été séquestré. Elle réclame en plus que Gus soit hospitalisé ou *a minima* qu'un médecin soit appelé, sinon elle menace de porter plainte pour mise en danger de la vie d'autrui. Elle connaît toutes les ficelles. Elle en a vu passer aux urgences, des gardés à vue malmenés. On ne la lui fait pas. Boyer, magnanime, a finalement ordonné que nous soyons libérées avec un simple avertissement, mais elle ne lâche rien.

Dix minutes que ça dure. À ce petit jeu-là, ma mère est imbattable. Par nature, je ne suis pas contre les joutes verbales surréalistes, mais plutôt autour d'un verre et avec de la bonne musique. Et j'ai la sonde double J qui me démange.

— Le médecin est en route, soupire le policier.

— Il a droit à un avocat !

— Maître Kléber est auprès de lui, comme vous l'avez demandé. L'audition avec l'OPJ est en cours.

— Je ne sortirai pas d'ici tant que mon fils ne sera pas libre.

— Madame…

— Essayez, pour voir !

Le policier me jette un regard empreint de désarroi. Il a cet air désespéré qu'affiche le péquin moyen, pressé de partir au boulot, quand sa cafetière lui échappe subitement des mains et vient exploser à ses pieds, ruinant son pantalon et répandant des bris de verre dans toute la cuisine. Il n'y croit pas vraiment mais quelque chose au fond de son être lui dit que si, c'est pourtant la dure réalité.

Je retourne en cellule et glisse ma main dans celle d'Adélaïde.

— Maman…

— Je veux voir le divisionnaire Boyer.

Et c'est reparti pour un tour!

— Bon, moi, j'y vais, j'ai mon traitement à prendre.

Ma mère m'embrasse sur le front.

— File, ma chérie! Ne t'inquiète pas pour moi, je te rejoins plus tard, dit-elle d'une voix douce, avant de se métamorphoser à nouveau en furie à l'intention de l'agent : Je veux mon avocat!

— Il est avec votre fils.

— Dans ce cas, j'attendrai ici.

— Bisous, maman.

— Bisous, Rose.

Je récupère ma ceinture, mes lacets, ma monnaie, je recompte les pointes métalliques de mon perfecto. Soixante-sept, soixante-huit, soixante-neuf! Tout y est. Je leur laisse mes cigarettes, j'arrête, c'est décidé.

— Pour les bonnes œuvres de la police.

Cinq minutes plus tard, je suis attablée en terrasse avec Charles, face au commissariat, un café crème fumant et ma dose quotidienne de corticoïdes entre les mains.

— Ta mère n'est pas avec toi?

— Elle porte plainte. La chambre avec vue sur le mur du couloir était infestée de punaises de lit. Elle ne sort que si la direction fait un geste commercial.

Sourire fatigué de mon père.

— Et pour de vrai?

Je hausse les épaules.

— Tu la connais mieux que moi.

Il opine.

— Tu as eu les résultats de l'analyse de ton calcul rénal?

— Pas avant une semaine.

Ils ont dû l'envoyer sous escorte militaire en Suisse, au Laboratoire européen pour la physique des particules, mais il paraît que les scientifiques de la NASA font monter les enchères. Pas sûr que ce soit d'origine humaine. Bruce Willis et ses potes foreurs sont sur le coup.

Je trempe les lèvres dans mon café.

— Tu ne devrais pas être au boulot ?

— J'ai posé un congé sans solde.

Je fronce les sourcils.

— Tu t'es engueulé avec ton patron ?

— Il a appris que le notaire de l'étude concurrente, maître Raynaud, prenait sa retraite à la fin de l'année.

— C'est plutôt une bonne nouvelle pour lui, non ?

Charles se penche au-dessus de la table.

— Pas vraiment. Parce que le notaire en question est un ami et qu'il m'a promis de me vendre ses parts si j'obtenais mon diplôme.

— Laisse-moi deviner, ton patron est au courant, c'est ça ?

Il acquiesce.

— Ils se haïssent cordialement. Il y a une semaine, Gouy lui a tout balancé. Un notaire honnête, ça te fera les pieds, il lui a dit.

— Un notaire honnête, je glousse.

— Hé, il parlait de moi, je te signale !

Je revois l'Opel Manta de Gouy, utilisée pour le braquage, sortir des eaux boueuses du Rhône la veille.

— Et Gus, dans tout ça ?

Le visage de mon père s'assombrit.

— Je n'arrête pas d'y penser. J'ai beau tourner ça dans

tous les sens, je ne vois pas quel lien pourrait exister entre mon concours, Gouy et ton frère. Mon patron est un sacré con, pardonne-moi l'expression, mais de là à monter un coup pareil pour m'atteindre, avec sa propre voiture, en plus…

Je valide son hypothèse à regret, d'un hochement de tête.

— Admettons. Admettons que tout ce que Gus nous a raconté jusqu'à présent soit vrai. Deux types volent la voiture de ton patron. Ils ignorent qu'il s'agit de la voiture de ton patron. Hasard, donc. Ils enlèvent Gus, l'embarquent dans leur braquage, histoire que les caméras de vidéosurveillance repèrent un coupable. Gus contrarie leurs plans et leur échappe une première fois. Les types le retrouvent, m'assomment au passage et le séquestrent pendant trois jours, au terme desquels il s'enfuit à nouveau. Question : pourquoi faire de lui une star de la vidéosurveillance pour ensuite le séquestrer ? Ça n'a pas de sens.

— Il pourrait parler.

— Pardon de dire ça, mais quand on veut faire taire quelqu'un, il y a des moyens plus expéditifs qu'une séquestration de trois jours.

Charles se gratte la nuque.

— Gus a peut-être menti.

Je médite là-dessus un instant. Mon frère est du genre fidèle en amitié. Dans l'hypothèse d'une «farce» qui aurait dégénéré, il n'est pas le genre à balancer les noms de ses amis, même si je le vois mal inventer ensuite cette histoire d'enlèvement pour les couvrir. Fidèle, mais pas menteur. Une farce à cent cartouches de cigarettes, cinq mille euros en liquide et un commerçant en bonne voie pour finir à la morgue, encore une fois, ça ne tient pas la route. Reste que si Gus mentait, ça lèverait beaucoup d'incohérences.

— Peut-être bien, je finis par répondre.

— Ton frère est un brave gamin.

— Je sais, papa. C'est bien ce qui m'ennuie. Tout l'accuse et rien ne l'accuse.

Je termine mon café et cherche machinalement mon paquet de cigarettes dans ma poche, avant de me souvenir où je l'ai laissé. Pas sûr que ce soit une bonne idée d'arrêter maintenant.

— On en saura plus après l'audition, de toute façon.

— L'officier de police judiciaire m'a dit qu'ils n'étaient tenus d'informer les parents d'un mineur de moins de seize ans qu'au bout de douze heures.

Lieutenant Personne, à moi, tu as intérêt de parler.

Je me lève pour partir.

— Tu n'attends pas ta mère?

— Maman est en guerre. C'est Rambo. C'est sa guerre. Elle est seule dans sa jungle, un couteau des Marines de trente centimètres entre les dents, et elle a posé des pièges partout. Elle ne lâchera rien tant qu'elle n'aura pas sauvé son honneur, libéré Gus et buté tous les méchants.

Ma tirade arrache un sourire à Charles. Je me demande si, comme moi, il a aussi l'image et le son. Adélaïde, en marcel et short moulants façon Lara Croft ardéchoise, des peintures guerrières sur les joues et le front tracées avec de la boue, bandant son arc, atteignant le divisionnaire Boyer au mollet, le portant ensuite à travers bois jusqu'au pont du Duzon, sur la route de Lamastre, et le suspendant par les pieds, près de cinquante mètres de vide, pour lui faire cracher l'ordre de libérer Gus sur-le-champ : «En ville, tu fais peut-être la loi, mais ici, c'est moi, alors tu vas parler, espèce de fils de pute!»

Ou un truc dans le genre.

Putain, j'espère que je suis la seule à avoir ce type de pensées! Faut peut-être que j'arrête d'écouter de la musique sataniste et de regarder des films d'action complotistes américains. Ou alors, c'est Adélaïde qui commence à déteindre sur moi.

Charles me dévisage avec tendresse.

— Tu l'as bien cernée.

— Tout à l'heure, sur le pont, quand elle s'est mise à crier, je m'attendais à tout. Qu'elle saute dans le fleuve avec Gus dans les bras pour échapper aux flics, qu'un hélicoptère débarque ou je ne sais quoi d'autre.

— Elle est très à cheval sur certains principes.

— Je suis fière d'elle, papa, mais je ne peux rien pour elle. Toi non plus, d'ailleurs.

Je lui tapote la main.

— Et le plus important, c'est de sortir Gus de là.

Pacôme entre dans le café.

— Ferdinand m'a appelé.

Pantacourt moulant, baskets jaune fluo, casquette, transpiration abondante et pack d'hydratation dans le dos, la grande classe version traversée du Sahara en autonomie totale. Mon frère aime les maths et le marathon. Enfin, il paraît qu'on dit ultra-trail, maintenant. Le principe est simple : tu cours pendant des heures et tu dépenses l'équivalent de trois mois de salaire chez Decathlon par an au lieu

186

d'alimenter le compte en banque d'un psy. C'est meilleur pour la santé, mais les lacaniens font la gueule.

— Comment va Gus ? demande-t-il.

Je laisse mon père lui répondre et file à l'anglaise. En marchant.

Je traverse Tournon en rêvant d'une cigarette, direction Popul'Hair. Le salon de coiffure est en pleine effervescence. On est vendredi. Journée Coiffure & Culture. Avec la médiatisation de l'affaire Gus et la prestation héroïque d'Adélaïde ce matin, notre petite affaire capillo-culturelle de fin de semaine a des allures de lieu de pèlerinage obligatoire. Ça grouille. Toutes les habituées se sont donné rendez-vous, Odette en tête. Vanessa m'accueille sur le perron en tenue des grands jours, jupe étroite, veste légère et cheveux rassemblés en pot de fleurs sur la tête.

— Alors, le flic, c'est un bon coup ?

Je mime le geste qui signifie « motus et bouche cousue ». Les mystères, elle comprend ça, Vanessa, elle est coiffeuse de métier. Elle reçoit des confidences sur le peigne toute la journée, et les répète joyeusement aux clientes suivantes en leur faisant promettre de ne rien répéter. Motus et bouche cousue, c'est un sacerdoce, dans sa profession. Une religion.

Je jette un coup d'œil derrière elle.

— La vache ! Elles sont combien, là-dedans ?

— Elles t'attendent comme le messie. En trois jours, tu as changé leur vie. Ici, grâce à toi, c'est *Plus belle la vie* en direct, sans pauses publicitaires, avec suspense et tout et tout. Ton frère disparaît, puis réapparaît, puis tu te fais assommer, ta mère est en garde à vue, tu fais une crise de coliques, tu couches avec le principal flic de l'enquête…

Vanessa, Vanessa… Motus et bouche cousue, hein ?

— Ton frère réapparaît, tu te retrouves avec ta mère en garde à vue, bref, ça n'arrête pas. Elles attendent le prochain épisode avec impatience. Elles sont fans absolues. Y en a même une qui a apporté un recueil de poèmes de Robert de Nerval à te faire dédicacer.

— Gérard.

— C'est qui, celui-là ?

— Gérard de Nerval. C'est Gérard son prénom, pas Robert, mais peu importe. Je ne vais pas dédicacer le travail des autres.

De Nerval, *Les Filles du feu*, et en particulier sa nouvelle poétique intitulée *Sylvie* : ces vieilles femmes ont du génie. Voilà qui convient parfaitement à la situation. Le poète maudit y développe ses thèmes de prédilection. Le pouvoir rédempteur de la femme, la figure maternelle, les charmes de la province, les sortilèges du rêve et de la mémoire, le réel et l'irréel, impossibles à démêler. Adélaïde, Tournon-sur-Rhône, l'idylle champêtre avec le flic de province, l'enquête entre mensonges et réalité. Ces dames veulent du croustillant enchanteur ? Je vais leur en donner, foi de petite fille sage !

J'inspire un grand coup et saisis la poignée de la porte. Vanessa me tire par la manche et me chuchote, au moment où j'entre :

— J'aimerais savoir un truc.

Son œil pétille comme celui d'un gosse qui tient une boule puante entre les mains, mais qui ne sait pas encore sur qui la jeter.

— Dis toujours.

— Avec ton petit lieutenant, vous le faites comme dans le film, là, *Cinquante nuances de Grey*?

— C'est-à-dire?

— Avec des menottes?

(*Sic.*)

*

Je déclare forfait avant *Aurélie*, mais après *Le Père Dodu*. J'espère que de Nerval ne m'en voudra pas. Je me jette sur mon portable, une fois dans la rue. Aucun coup de fil. Vert-Pêche ne répond pas. Je ne laisse aucun message. Je sais qu'il cherchera à me joindre dès qu'il aura du nouveau. J'appelle Adélaïde. Charles prend la communication. Ma mère a finalement été virée à coups de pied dans le cul du commissariat et a improvisé une grève de la faim sous les fenêtres du divisionnaire Boyer. Or, il est bientôt 13 h, et mon père a les crocs.

— Pacôme n'est pas avec toi?

— Il court.

— OK, je prends le relais.

En chemin, je croise Antoine dans la rue piétonne qui sort de la boulangerie, l'air en pétard.

— Tu es au courant pour…

Il lève la main pour m'interrompre, avant même que je termine ma question.

— Les clients ne parlent que de maman depuis ce matin. Tu n'imagines même pas ce qui se dit sur l'histoire de la passerelle!

189

— J'allais justement rejoindre les parents, tu viens avec moi ? Tu as fini de bosser ?

— Fini, et bien fini ! déclare-t-il en ponctuant sa réponse d'un bras d'honneur. J'ai démissionné.

— Et ta formation ?

— Plutôt crever que de continuer à bosser pour ce con.

Ben voyons ! Adélaïde sèche le boulot pour protester façon Gandhi, Charles pose des congés sans solde, Pacôme se prend pour Forrest Gump, Gus goûte à la taule et maintenant, Antoine.

— Tu es sûr ?

— Je veux retourner au lycée et reprendre mes études, comme Camille.

Qu'est-ce que vous voulez répondre à ça ? Antoine, c'est le mec discret. Il parle peu, il se plaint rarement, il est dur. Cool, mais dur. Très dur. Une force de la nature. Une sorte de colosse poids moyen : un mètre soixante-dix pour une soixantaine de kilos. Pas le genre à rechigner pour porter un sac de farine de son poids ou à se lever à trois heures du matin pour préparer la pâte. Dieu seul sait ce qu'il a vécu dans la rue à Bogotá quand il était gamin, mais ça l'a blindé.

Je me souviens de cette fois où, quelques années plus tôt, il a fait une chute sévère à vélo en se rendant à l'école. Ses lunettes de vue se sont brisées et le verre lui a taillardé le visage. Le genre Picasso, voyez ! L'os à vif, l'œil à moitié sorti de son orbite, des litres de sang sur le pull. Une boucherie. Les gamins qui étaient avec lui sont tombés dans les pommes ou ont fui en hurlant. Antoine, lui, il s'est relevé, a ramassé son œil, est remonté sur son vélo et a filé à l'hôpital rejoindre Adélaïde pour qu'elle lui mette un pansement. Comme elle était occupée, il s'est sagement installé dans la salle d'attente. Pudique, il n'a pas osé préciser qui était sa mère. Il a attendu une heure. Sans verser une larme. Finalement, ma mère est arrivée, elle a hurlé et on s'est occupé de lui. Cinquante-quatre points de suture, tu parles d'un putain de pansement ! Même l'interne qui l'a recousu a failli tourner de l'œil quand mon frère a lâché le sien parce qu'il avait une crampe dans le bras.

Alors quand Antoine dit que son patron est un con et affirme vouloir retourner sur les bancs de l'école, eh bien, il n'y a pas grand-chose à ajouter.

D'ailleurs, je n'ajoute rien.

— On y va ?

Il acquiesce.

— Au fait, maman fait une grève de la faim.

— Elle a bien raison.

Mon portable sonne au moment où nous déboulons place Auguste-Faure. Je décroche.

— Fin de la première audition avec ton frère, déclare le lieutenant Vert-Pêche.

— Fantastique. Il est libre ?

— C'est un peu plus compliqué que ça. Puis : Tu es où ?

— J'arrive.

— Ta mère est dingue. Tu connais sa dernière trouvaille ? Une grève de la faim, on le saura.

— Je la connais comme si je l'avais faite.

J'enchaîne :

— Et je te préviens, c'est toi qui vas lui annoncer qu'elle doit encore continuer à jeûner, dis-je avant de raccrocher.

21

Un attroupement se forme, autour de la terrasse du bar de la police. Voisins curieux, clients médusés, fonctionnaires de police circonspects en pause-déjeuner, savant mélange des genres, comme seule Adélaïde en a le secret.

Ma mère n'a pas perdu de temps. Elle a réquisitionné l'espace fumeurs de la partie couverte et s'est installée au chaud, dos au mur, face à la baie vitrée. Emplacement stratégique avec vue imprenable sur la façade et les portes du commissariat. Le message panoptique est clair : «Vous me voyez, monsieur le divisionnaire Boyer, mais je vous vois aussi et tout le monde me voit.»

Big Mother is watching you!

Des collègues de l'hôpital font barrière entre elle et le reste de la clientèle, tendance sécurité rapprochée et surveillance des fonctions vitales, avec pour mot d'ordre : pas de journalistes. La troupe carbure au café, à la vitamine C et à la camomille. Le barman du *Distingué* ne sait plus où donner de la tête. Il redoute la rupture de stock de tisane en sachet. Sa spécialité à lui, c'est plutôt Ricard, blanc limé, maintien de l'ordre, fléchettes et gros flingues. Là, il découvre le concept infusion, révolution et seringues hypodermiques. Le choc des cultures.

Nous nous frayons un chemin jusqu'au quartier général d'Adélaïde qui dirige les opérations, flanquée d'un Charles en état d'hypoglycémie. Ferdinand gère l'intendance. Sur la table devant lui : un ordinateur portable connecté à Internet, page Facebook, compte Twitter Souscription Gus Est Innocent #justice nulle part#appel à témoins, des téléphones, une imprimante, une pétition à signer pour la libération de mon frère et une boîte de crayons à papier estampillés *Don du sang – Venez sauver des vies*.

Antoine les embrasse, puis il hèle le serveur, tend un billet de cent et commande des bouteilles de Dom Pérignon, une assiette de charcuterie et un croque-monsieur.

— Tournée générale !

— Qu'est-ce qu'on fête ?

— Mon chômage.

Les applaudissements et les hourras fusent jusque sur la place. La magie opère, l'ivresse du Grand Soir. Plus à l'aise avec les bulles, le barman retrouve le sourire et débouche prestement sa meilleur clairette de Die, faute de champagne. Une odeur de pain grillé se répand dans l'air. Antoine se jette sur son croque-monsieur et fait glisser le saucisson sec devant Charles. Les verres de mousseux circulent de main en main.

— Vive Gus !

Je croque dans un cornichon en balayant l'assistance du regard.

— La résistance s'organise, à ce que je vois.

D'anciens patients de ma mère, service cardiologie, sont

également venus en renfort. Deux d'entre eux, un petit vieux rachitique et un quadragénaire bedonnant, travaillent sur une banderole à la table d'à côté et débattent du slogan à y inscrire.

— Libérez Gus !

— Trop classique.

— Justice pour Gus.

— De quelle justice parles-tu, camarade ?

— Nous sommes tous Gus.

— Mouais…

Antoine intervient, la bouche pleine, un filet de gruyère fondu emmêlé dans les poils de sa barbichette.

— Choyez chimples.

Le petit vieux relève la tête et tapote son sonotone du bout de l'index, perplexe. Antoine s'éclaircit la voix, sans succès :

— Che chuis Guche.

— Mon autre fils, explique Adélaïde. Le frère aîné de Gus.

— Je suis Gus, traduit le quadragénaire.

Le petit vieux pèse le pour et le contre et finit par déclarer :

— Moderne, percutant, efficace. On prend !

Un silence de plomb accueille sa remarque. Ma mère se fige sur sa chaise, les yeux rivés sur le perron du commissariat où notre avocat et Vert-Pêche, pardon, le lieutenant Personne, viennent d'apparaître. L'assistance suit religieusement son regard.

— Ils cèdent déjà ! s'étonne mon père.

194

— Ils envoient un émissaire pour négocier, persifle Adélaïde.

— Je ne vois aucun drapeau blanc, dit une infirmière.

Ferdinand lève le nez de son ordinateur.

— Lors de la guerre civile de l'année des quatre empereurs, en 69 de notre ère, Vitellius envoya des vestales pour apporter ses propositions de négociation aux partisans de Vespasien, son principal rival.

— C'est quoi, une vestale ? demande Antoine.

— Une pauvre enfant que son salaud de père vendait avec un certificat de virginité pour un bail de trente ans à un maquereau pornographe et probablement pédophile nommé Grand Pontife, il y a deux mille ans. Ça s'appelle la civilisation romaine, mon fils. Et rien n'a vraiment changé depuis.

Mon frère hoche la tête, visiblement satisfait de la réponse, et enfourne le reste de son croque-monsieur brûlant. Ferdinand réprime un sourire. Je glousse en visualisant l'avocat et mon amant, slip kangourou, toge blanche et coiffe à six tresses, en grandes prêtresses de la chasteté, sur fond de Depeche Mode. Charles profite de la diversion pour délester l'assiette de charcuterie d'une poignée de pain et de tranches de jambon cru.

Maître Kléber arrive sur la terrasse couverte. La foule s'écarte sur son passage. Personne reste à l'extérieur. Je lui adresse un clin d'œil.

Kléber s'avance vers ma mère.

— Pourrait-on se voir dans un endroit plus discret ?

— On m'a déjà fait le coup, rétorque Adélaïde.

— Je me permets d'insister.

— Je n'ai rien à cacher.

195

La foule approuve. Charles murmure à Antoine de leur commander une nouvelle assiette de charcuterie. Ferdinand met en marche la webcam. Les smartphones des personnes présentes à l'extérieur s'allument. Retransmission en live et sans hologramme sur les réseaux sociaux. Il paraît que c'est ça, la nouvelle démocratie directe. Je grimace. Le procédé me plaît moyennement. Kléber, lui, capitule.

— Comme vous voulez, après tout.

Il attrape une chaise et s'assoit face à mes parents, sa mallette sur les genoux.

— Comment va Gus? demande mon père.

— Plutôt bien, compte tenu des circonstances.

— Qu'a dit le docteur?

— Je ne l'ai pas vu personnellement, mais le certificat médical rapporte que Gustave a bien été drogué, pendant sa captivité. Sédatif puissant, taux élevé de toxines dans le sang.

Adélaïde pousse un cri.

— Oh mon Dieu!

Repris en chœur par l'assistance, retransmis en simultané et amplifié par les haut-parleurs d'une trentaine de téléphones portables. Kléber lève les yeux au ciel. Ma mère lui fait signe de poursuivre. L'avocat s'exécute.

— Ça conforte la thèse selon laquelle Gustave aurait bien été enlevé et séquestré et ça va bien entendu dans le sens de notre demande de mise en liberté. C'est plutôt bon pour nous.

Hurlements de joie d'Adélaïde, vivats de la foule en liesse, grésillements des portables. La mise en scène concoctée par

196

le service communication improvisé de ma mère commence à m'agacer.

— Ensuite, continue Kléber, l'autre point positif qui ressort de l'audition et des premiers éléments d'analyse de la scène du braquage, après constations de la police scientifique et analyse de la bande de la caméra de vidéosurveillance du bureau de tabac, est que les braqueurs supposés n'étaient *a priori* pas armés au départ.

— C'est-à-dire?

— Se sentant menacé par les trois individus qui lui réclamaient sa caisse, le buraliste aurait sorti une arme de catégorie B dont ses attaquants auraient réussi à se saisir, se sentant menacés à leur tour. Gustave déclare que le coup est parti tout seul dans la confusion qui a suivi et qu'il n'a rien à voir avec cet accident. De fait, ses empreintes n'ont pas été relevées sur le fusil, fusil qui, je le précise, n'est pas déclaré à ce jour et dont le propriétaire supposé, le commerçant blessé, n'est titulaire d'aucun permis de port d'arme.

Murmures de désapprobation dans l'assistance. Adélaïde lève la main pour réclamer le silence.

— C'est bon pour nous?

— C'est bon pour nous, concède Kléber.

Nouvelle salve de hourras. Un frisson désagréable me parcourt le dos, pas sûr que la fin justifie les moyens. Je me retiens d'intervenir pour que cesse cette mascarade.

— Une bonne nouvelle, enfin, le commerçant est sorti du coma et je me réjouis que ses jours ne soient plus en danger.

Excédée, je me barre avant que le duo tragi-comique Adélaïde / Kléber ne reprenne son leitmotiv «C'est bon pour nous ? » sous les acclamations du public, avant que cet enfoiré d'avocat ne leur annonce finalement que la garde à vue est maintenue jusqu'au délai légal, voire prolongée pour les besoins de l'enquête. De rage, je tape une cigarette à l'un des partisans de ma mère et rejoins Personne qui attend à l'écart.

— Ça va ? me fait-il.

— Pas trop.

— Un sacré phénomène, ta mère.

— De foire ! précisé-je.

Il ne commente pas. Je tire nerveusement sur ma clope. La nicotine me donne le tournis. Je la jette par terre à moitié consumée.

— Quoi ? dis-je sur un ton plus agressif que souhaité.

Personne me fait ses yeux vert pêche pour me détendre. Ça m'énerve encore plus. Parce qu'il a la position facile de celui qui a un pied dans les deux camps, et c'est entièrement de ma faute. Parce que j'ai couché avec lui. Parce que j'ai envie de recommencer. Parce qu'il est le représentant d'une institution qui détient mon petit frère enfermé et à laquelle ma mère voue une haine sans bornes. Parce que, sachant ça, j'ai quand même envie de coucher avec lui. Et parce que je suis de mauvaise foi.

Je désigne du menton l'attroupement autour du bar.

— Pourquoi vous ne relâchez pas Gus tout de suite, qu'on en finisse avec tout ce bordel ?

— Ta mère fait ce qu'elle juge bon.

Je me plante devant lui et le défie crânement du regard.

— Ah bon, tu approuves ?

— Disons que je comprends.

— Tu déconnes, j'espère !

Il amorce le geste de me prendre la main, se ravise à temps, rougit légèrement, penaud. C'est con, mais ça me détend un peu.

— Tu ne réponds pas à ma question.

— Je suis convaincu que ton frère est tombé dans un piège, dit-il. Le commissaire Boyer commence à douter, lui aussi.

— Quel est le problème, alors ?

— Tant qu'on n'a pas mis la main sur les deux autres braqueurs, on ne peut rien prouver. Rien n'accuse ton frère, mais rien ne le disculpe non plus. Il nous faut plus d'éléments à présenter au juge pour enfants avant demain, sinon, Gus sera placé en détention.

— Sérieusement ?

Une petite lueur s'allume dans ses yeux.

— Écoute, je fais tout ce que je peux pour que ça ne se produise pas. Je ne devrais pas te dire ça, mais l'Opel Manta a parlé. Un peu. Pas d'empreintes, mais on a trouvé un ticket de fast-food froissé sous l'un des tapis de sol et partiellement abîmé. On a la date et l'heure qui correspondent au soir du braquage, peu avant minuit. Après le vol de la Manta sur la propriété du patron de ton père. On a aussi deux, trois mots correspondant à la commande, sodas, frites, qui nous ont permis de lancer une recherche dans les établissements des environs et d'obtenir du juge une saisie des enregistrements des caméras de vidéosurveillance.

— Putain, mais c'est une bonne nouvelle, ça !

Personne n'a pas l'air aussi emballé que moi. Je ne comprends pas où il veut en venir. J'essaie de me calmer et de poser les bonnes questions.

— Vous le saurez quand?

— Pour le moment, on a une liste d'une trentaine de restaurants qui proposent ce type de produits, à l'heure dite, mais elle peut encore s'élargir. La grande majorité d'entre eux ne possède pas de caméras. Il suffit que nos deux braqueurs soient passés chez l'un d'eux et on repart de zéro. Et puis il y a le reste.

Je tique.

— C'est-à-dire?

— Le contexte. Ta famille. L'adoption. L'attitude de ta mère.

Je re-tique.

— Qu'est-ce que l'adoption vient faire là-dedans?

— C'est pas ce que je voulais dire.

Je le dévisage longuement.

— Pourquoi est-ce que j'ai la sale impression que tu ne me dis pas tout, Richard?

Là, c'est lui qui tique. D'une part, à cause du ton employé. D'autre part, parce que c'est la première fois que je l'appelle par son prénom. Bizarrement, c'est à cet instant que je prends conscience que nous sommes observés. Derrière Personne, quatre étages plus haut, la silhouette de Boyer se découpe dans l'encadrement d'une fenêtre. Le grand manitou veille. Ma parano naturelle grimpe en flèche. Je reviens sur Personne. Pourquoi fait-il subitement allusion à l'adoption? Quel rapport avec l'affaire? Joue-t-il un double jeu avec moi? Est-ce Personne qui me parle ou Vert-Pêche? Et s'il voulait juste me tirer les vers du nez...

— Laisse-moi deviner, tu es en mission commandée par le divisionnaire Boyer?

— Tu te trompes sur toute la ligne, Rose.

Voilà qu'il s'essaie lui aussi à la technique du prénom lancé en fin de phrase. On ne me la fait pas, à moi! Ce serait oublier que je suis la seule à maîtriser les subtilités de la langue française. Je lui accorde pourtant le bénéfice du doute.

— C'est ça! m'écrié-je par esprit de contradiction.

Silence. L'un d'entre nous devrait dire quelque chose, mais nous nous connaissons à peine et nous avons encore les réflexes grippés. Je ne cède pas. Lui non plus. Son téléphone met fin à ce duel éprouvant. Première série de sonneries. Il ne décroche pas et continue de me fixer. Deuxième série. Il consulte l'écran. Son visage change d'expression.

— Désolé, je dois décrocher.

Il décroche donc, mais place la paume de sa main devant le micro de son portable.

— Avant que j'oublie, Boyer veut te voir.

— Il peut crever!

Il sourit, puis il prend l'appel. Je le regarde s'éloigner à grandes enjambées en direction du parking, faire de grands gestes, puis raccrocher, s'immobiliser et faire demi-tour. Il penche la tête sur le côté, d'un air penaud. Malgré la distance, je crois deviner qu'il m'adresse un baiser. Évidemment, je craque, comme une idiote je le lui rends. Il court ensuite comme un dératé jusqu'à sa voiture et démarre sur les chapeaux de roue. Je me mettrais bien à chialer, là, tout de suite. Ou à me rouler par terre, comme un gosse capricieux au rayon confiseries du supermarché. Ou encore à lui courir après pour m'excuser de m'être comportée comme une idiote avec lui. Mais je n'en fais rien parce que ma mère vient de m'attraper par le col. Elle me tire en arrière et se glisse entre moi et la voiture de Personne qui s'éloigne.

Je ravale mes larmes et fanfaronne :

— Tu as arrêté ta grève de la faim ?

Elle chasse ma question d'un battement de cils.

— Tu flirtes avec ce flic ou je rêve ?

Je déglutis. Elle colle son visage au mien.

— Réponds à ma question.

Je m'écarte.

— Maman, c'est vraiment pas le moment !

Elle se fige.

— Nom de Dieu, tu couches avec lui !

Je la regarde droit dans les yeux.

— Et toi, tu peux m'expliquer ce cirque, tout à l'heure, avec Kléber, la webcam et la foule en délire ?

— Je fais ça pour Gus !

— Vraiment ? Tu crois que ça lui plairait de savoir que tu l'instrumentalises de la sorte ?

— Je ne te permets pas, Rose !

Tiens, elle aussi me fait le coup du prénom en fin de phrase.

— Moi, je me permets !

Sur ce, je tourne les talons et je me dirige avec dignité vers l'entrée du commissariat.

Une fois dans l'ascenseur, alors que je m'apprête à appuyer sur le bouton numéro 4, je réalise que mon antiflics de mère et mon flic de petit ami viennent chacun à sa manière de

me placer face à ce qu'on appelle en métaphysique un para-
doxe.

Une position défiant toute logique.

Voire une impasse.

Vous savez, l'histoire du mec qui, la main coincée par un
rocher alors qu'il est tombé dans une crevasse, a le choix
entre s'amputer d'une main avec les dents, sortir de son trou
et vivre, ou mourir entier. Les paradoxes d'aujourd'hui sont
les préjugés de demain, écrivait Proust dans *Les Plaisirs et les
Jours*, qui est de loin le recueil de poésie le plus chiant que
j'aie lu à ce jour. Ce qui est une façon assez emphatique de
dire que je me suis mise dans la merde comme une grande
aujourd'hui, que ma main est coincée et que j'espère qu'un
miracle va soulever le rocher, sauver ma main et me sauver
avec.

Je choisis donc d'écouter mon cœur – et un peu mon cul,
aussi.

J'appuie sur le 4.

Tandis que la cabine s'élève dans les airs, mon ego suit la
direction du contrepoids qui aspire à la gravité la plus absolue, celle du plancher des vaches. Je me réconforte comme
je peux en me disant que je fais ça pour Gus et que son
innocence est la seule chose qui importe, dans le fond.

22

Toc, toc, toc!
— Entrez!
Rien que de très classique.

J'ouvre donc la porte, montée sur ressorts, tel un couteau à cran d'arrêt, prête à dégainer à la moindre impulsion, et je fais un pas dans la pièce. Puis un deuxième. Je me sens comme Guillaumet de l'Aéropostale, luttant pour ceux qu'il aime, contre le froid, la faim, la fatigue et la mort, cinq jours durant, avançant, pas après pas, dans les neiges éternelles de la Cordillère des Andes du *Terres des hommes* de Saint-Exupéry, à ce détail près qu'en fait de neige profonde, la moquette du bureau du commissaire divisionnaire est plutôt élimée.

Boyer m'attend. Il se tient debout, les mains dans les poches, son gros cul de chef appuyé contre une étagère métallisée. Je me fais la réflexion qu'il porte bien son patronyme. Boyer, le bouvier. Littéralement le gardien de bœufs. Il me renvoie le même regard extraordinairement vide que notre chien, un bouvier bernois dont la seule fonction dans la vie semble être de rassembler son troupeau et de veiller à ce qu'il le reste. Mou et affalé de toute sa masse en travers d'une porte la plupart du temps, mais étonnamment alerte dès que l'un d'entre nous tente de s'éloigner du groupe, volontairement ou par accident.

— Je crois que vous et moi sommes partis du mauvais pied, mademoiselle Mabille.

Trois personnes de ma famille en garde à vue, moi comprise, en moins de soixante-douze heures, c'est le moins que l'on puisse dire.

— Il y a méprise sur la personne.

Il sourit.

— N'essayez pas de parler comme votre mère, mademoiselle, ça ne vous ressemble pas.

Il me désigne l'un des deux fauteuils disposés devant son bureau. Je choisis spontanément le plus éloigné. Il sourit à nouveau, comme s'il escomptait cette réaction puérile.

— Vous avez raison sur un point, toutefois.

Il s'écarte de l'étagère qui gémit comme le font les meubles de son espèce, en grinçant, et vient s'installer dans le fauteuil libre qui grince à son tour sous son poids.

— Je vous ai sous-estimée. Vous semblez être l'un des rares vecteurs pacificateurs de votre famille.

Comme je m'apprête à répliquer que sa psychologie de flic à deux balles, il peut se la carrer où je pense, il se redresse avec une célérité et une souplesse que je n'attendais pas d'un homme de sa corpulence et me fait signe qu'il n'a pas terminé sa phrase.

— Je m'explique.

Il se cale contre son dossier et reprend sa pose de bouvier amorphe. La ressemblance avec Kill-Bill est proprement stupéfiante. Je m'attends d'une seconde à l'autre à voir dégouliner de la commissure de ses lèvres un filet de bave élastique. Je cligne des yeux pour lui faire comprendre que je suis tout ouïe.

— Je suis embêté. En dehors des petits trafics et des affaires familiales classiques, Tournon est une ville plutôt calme. Ce braquage, l'enlèvement de votre frère, il y a trois jours, puis ce désordre sur la passerelle Marc-Seguin à l'aube, et encore cette petite révolution judiciaire que mène votre mère sous mes fenêtres depuis ce matin, tout cela, voyez-vous, c'est assez...

— Embêtant ? tenté-je.

Il ne relève pas.

— Cohérent, finit-il par dire.

— Cohérent ?

— J'en viens à me demander si le problème du désordre sur *ma* voie publique ne viendrait pas de votre famille, plutôt que de votre seul frère Gustave.

J'ouvre la bouche pour protester, mais il me refait le coup du bouvier vif comme l'éclair pour que je le laisse finir de parler.

— Je m'explique.

Encore !

— Avant d'être muté à Tournon, j'ai fait mes classes, si j'ose dire, un peu partout en France. À la dure. Dans les cités où ça chauffe pour de vrai. J'ai été formé à imaginer le pire, forcément, vous voyez ?

Chercher des complots partout, envisager l'Internationale djihadiste derrière la moindre djellaba, la Cosa Nostra au plus léger accent italien, un réseau pédophile dès qu'une mère cherche son enfant dans un parc public. Il déforme professionnellement, le commissaire divisionnaire Boyer. Il extrapole. C'est devenu une seconde nature chez lui. Un pneu crisse et il pense : braquage à main armée, otages, tentative de fuite. Un gamin d'origine colombienne de quinze ans se retrouve photographié par une caméra de vidéosurveillance entre deux cagoulés tentant de braquer un bureau de tabac, et il renifle la piste de la drogue jusqu'à Bogotá. Alors, oui, je vois. Très bien même.

Je le lui dis :

— Je vois.

— Mais dans cette affaire, rien de tout ça. Rien n'arrête votre famille. Vous êtes comme l'attraction lunaire ; la force centrifuge ou la vague du tsunami qui déferle sur le rivage. Quoi que je fasse, quelle que soit la direction que je donne à mon enquête, je n'ai pas à imaginer le pire, il se produit sous mes yeux. J'en perds tous mes repères. Je ne crois plus en rien. Ni à la version de votre frère comme bouc émissaire. Ni à sa culpabilité. Les malfaiteurs qui ont commis le bra-quage avec Gustave sont des amateurs, ça ne fait aucun doute. Votre frère lui-même est le roi des amateurs. De là à en faire un chef de bande… Je serais même tenté de croire à une vaste blague, s'il n'y avait cet homme, miraculeuse-ment sauvé alors qu'une balle a manqué de lui coûter la vie, cette voiture repêchée dans le fleuve et ces cartouches de cigarettes envolées dans la nature. Que dois-je penser de tout cela, mademoiselle ? Pourquoi votre famille se retrouve-t-elle toujours au centre de chacune des pistes que j'explore ? Dites-le-moi, je vous en prie.

Mon premier réflexe est de penser que Boyer me teste. Qu'il attend une réponse précise de ma part. Que j'éclaire son esprit afin que ses différentes hypothèses congruent à un même emboîtement balistique logique et parfait. Il aspire à la vérité nue. À l'immanence par les faits. Au concret. Il a le quinté + mais dans le désordre. Il veut que les choses soient noires ou blanches. Les dégradés de gris, ce n'est pas son truc, au commissaire. Il préfère Rouletabille à Sam Spade, Sherlock Holmes à Philip Marlowe, voire Maigret à John Rebus. Ne lui manque qu'une toute petite chose, un lien, même ténu, qui justifierait l'enchaînement causal des faits et des conséquences. C'est là, à portée de main. Ses doigts tremblent de bientôt le toucher. Je crois même déceler dans son regard une supplique : «Libérez-moi, jeune demoiselle! Libérez-nous!» Sauf qu'à ce stade, mon deuxième réflexe est de me dire que si on pouvait produire de l'électricité avec les conneries effarantes que débite le commissaire, on résoudrait le problème de la dépendance à l'industrie nucléaire française.

Je hasarde donc une position intermédiaire :

— Et vous, vous en pensez quoi?

Le sourire étrange qui se dessine sur son visage à ce moment-là m'inquiète. Boyer se penche en avant, les fesses sur le bord de son fauteuil, l'index dressé, la narine frémissante.

— Pourquoi avoir adopté Gustave?

La mâchoire m'en tombe. Physiquement, je veux dire. Principe de gravité universelle. Comme dans les Tex Avery, elle se décroche, se brise sur la moquette en mille morceaux que je ramasse dans le creux de ma main, recolle à la va-comme-je-te-pousse et remets en place du mieux que je peux – enfin, c'est l'impression générale que ça me fait.

— Je vous demande pardon ?

— Pourquoi vos parents ont-ils adopté Gustave ? répète-t-il sans se faire prier, les yeux brillants.

L'angoisse grimpe *mezzo forte*. Je me ratatine dans le fond de mon fauteuil et lance des coups d'œil désespérés autour de moi à la recherche d'une issue de secours ou d'une personne susceptible de me sauver. Évidemment, la porte est close et pas la moindre dactylo retranscrivant notre entretien ni de troufion planté dans un coin dans l'attente d'un ordre.

Je murmure un inaudible :

— Par amour ?

Boyer éclate d'un rire nerveux.

— Par amour, il dit en se levant et en opérant de grands moulinets avec les bras. Par amour. Suis-je bête !

Il en perd le souffle, Boyer. Son rire tonitruant remplit la pièce. Le sang lui monte à la tête, tellement il se marre, ses yeux s'exorbitent, son teint vire écarlate.

— Vous avez bien entendu raison, ajoute-t-il en riant, mais vous pensez que l'amour que vous portez à votre frère suffit à l'innocenter dans l'affaire qui nous préoccupe, n'est-ce pas ?

Je sais qu'il se marre à cause des statistiques criminelles qu'il a dans la tête mais son rire commence sérieusement à me courir sur le haricot. Ça monte, ça monte, ça monte et je menace d'exploser.

— Innocenter ? je répète.

— Vous voulez que je vous dresse la liste des crimes perpétrés au prétexte de l'amour ? Le nombre d'affaires dans lesquelles les pires erreurs ont été commises par amour ? Les amoureux complices ? Les épouses adorées battues à mort ?

Les sœurs débordantes d'amour fraternel prêtes à prendre six mois ferme pour avoir dissimulé des preuves ou aidé à cacher un suspect ? Croyez-moi, l'amour est une chose bien trop sérieuse pour la mêler à une affaire judiciaire aussi grave que celle-là.

Le pire, c'est qu'il a sans doute raison. L'histoire de Gus, c'est le racisme ordinaire. Quand les enfants adoptés sont petits, tout est beau, tout le monde il est gentil, puis les petits doudous grandissent et leur petit air de poupée exotique disparaît. Les bébés noirs ou colombiens, tôt ou tard, ils ramènent leurs problèmes congénitaux avec eux, voilà ce que pas mal de gens pensent. Du coup, les adoptés, on les trouve moins mignons, alors on s'empresse de les montrer du doigt dès qu'on a besoin d'avoir sous la main des coupables frais de port compris.

Boyer, lui, il continue de s'en payer une bonne tranche. Il en pleure, ce con ! Ce cirque a assez duré, je me dis. Je me lève, furibonde.

— Je veux voir mon frère, c'est possible ?

Il ouvre de grands yeux hilares et se bidonne derechef à en pisser dans son froc.

— Elle veut voir son frère, maintenant !

Ça a tout l'air d'être la chose la plus drôle qu'on lui ait jamais dite.

— Non, bien sûr que non ! déclare-t-il, avant de s'immobiliser et de se taire.

Son regard s'éteint aussi soudainement qu'il s'est allumé, une minute plus tôt. Il contourne son bureau et s'assoit. Il vient d'avoir une révélation. Mieux, une apparition. L'archange Gabriel lui-même, chevauchant le Bouraq ailé mythique avec sa tête de femme, son corps de cheval et sa queue de paon, descendu du ciel dans un éclair d'or et d'argent, et il a parlé. Boyer comprend enfin comment retirer le pied de l'engrenage infernal dans lequel il s'est embarqué depuis lundi matin. Il peut encore sauver les meubles. Pas une minute à perdre.

Il décroche son téléphone et compose un numéro.

— Édith ? Auriez-vous l'amabilité de me monter un café, s'il vous plaît ?

Il remercie la mystérieuse Édith et raccroche. Il saisit un épais dossier posé sur sa droite et l'ouvre d'un geste déterminé, puis il fronce les sourcils et relève la tête, prenant conscience de ma présence. Il m'examine un bref instant, jette un coup d'œil à son téléphone, revient sur moi, comme s'il hésitait à rappeler Édith et à lui demander d'apporter une deuxième tasse de café, et finit par dire :

— Vous êtes encore là, vous ?

23

L'attroupement a doublé pendant mon absence. Adélaïde est visiblement en train de gagner la bataille de l'opinion. Une banderole *Je suis Gus* s'étire à présent sur la devanture du *Distingué*, malgré les vives protestations du barman avec qui Antoine s'est lancé dans une conversation animée.

— Putain de bordel de Dieu! je fais, en m'approchant.

— Pour blasphémer, il faut de l'âme, dit Ferdinand.

— Tu cites maman, maintenant?

— Non, c'est d'Antonin Artaud.

— Les drogués mentent, mon bien cher frère. Pour davantage de drogue. C'est connu. Même toi, tu devrais savoir ça. Et mon âme t'emmerde!

Je l'abandonne à son sort pour rejoindre ma mère, qui trône toujours dans l'espace fumeurs, quand j'aperçois un gamin, seul, à l'écart de la foule, qui me dit vaguement quelque chose. Je me creuse la cervelle afin de me souvenir où je l'ai déjà vu. Dix-sept, peut-être dix-huit ans, taille moyenne, un front volontaire et huileux, ravagé par l'acné, dos voûté, d'une rondeur épouvantable. Je cherche, je cherche, mais rien ne vient. Peut-être un truc dans sa façon de se tenir, les pieds en canard, comme ces filles déformées par des années de danse classique. Ou cette impression d'inachevé mêlé de déception propre au physique adolescent. Ou encore dans ce faciès ingrat, à la limite de la malformation consanguine, qu'on retrouve dans les portraits de la famille royale espagnole peints par Vélasquez. Oui, c'est ça, un faux air Philippe IV, période *Les Ménines*, la moustache royale en moins. Les mêmes lèvres charnues, le sourcil tombant, le menton en galoche dans le plus pur style Kirk Douglas, le teint poupon, les traits grossiers savamment abrutis par un héritage génétique compliqué, mais visiblement né sous une bonne étoile financière, si j'en juge par ses fringues de marque et sa veste en cuir noire à mille euros.

Impossible de mettre un nom sur son visage pourtant familier.

Intriguée, je m'arrête un instant pour l'observer à distance. Mon petit roi d'Espagne se dandine sur place, lançant alternativement des coups d'œil inquiets en direction du bar, de l'hôtel de police et de son portable. Trop jeune pour être journaliste, trop vieux pour être un copain de classe de Gus, pas assez personnel soignant ni «Commune de Paris» pour être l'un des supporters d'Adélaïde. Et, évidemment, beaucoup, beaucoup trop Philippe IV pour être le nouveau petit ami de ma sœur. En clair, il n'a rien à foutre là.

Nouvelle série de regards appuyés en direction de l'hôtel de police et de ma mère, interrompus par la sonnerie de son téléphone. Il se recroqueville d'un coup sur lui-même, roulant des yeux dans toutes les directions. Il prend finalement l'appel, les mains en guise de protection devant sa bouche, comme s'il craignait que toute la place entende sa conversation, qui est courte. Quand il raccroche, il n'est plus inquiet, mais terrorisé. Il se décompose par touches successives en mode crescendo. C'est beau à voir. Pendant que sa mutation opère, le gamin marche en crabe vers l'une des ruelles qui desservent la place Auguste-Faure avant de disparaître pour de bon.

Je regarde du côté d'Adélaïde et de sa révolution pacifique, j'hésite une fraction de seconde, guère davantage, puis je décide de suivre mon petit roi d'Espagne.

J'atteins l'entrée de la ruelle juste à temps pour le voir se carapater sur les bords du Rhône, comme si une armée de sauterelles pestiférées lui filait le train. Je presse le pas en essayant de ne pas me faire repérer. Il s'engage sur la passerelle Marc Seguin, passe du côté drômois du fleuve. Je fais ce que je peux pour ne pas me laisser distancer. Pour celles et ceux qui n'ont jamais essayé de courir avec une sonde double J, imaginez un bâton taillé dans un rosier, épines comprises, et introduit par les voies naturelles.

Je manque de le perdre au carrefour suivant, le rattrape *in extremis* sur la nationale 7. Mon rein, mon uretère et ma vessie ne sont plus que douloureuses contractions musculaires et mort par implosion imminente. C'est lent, puissant et inéluctable comme une course-poursuite dans *Bullitt* ou la scène finale d'un western spaghettis de Sergio Leone. Je refais mentalement le cours de ma vie jusqu'à cette scène d'enterrement où Adélaïde tente d'étrangler Richard Personne sur le marbre de ma tombe. Je suis à deux doigts d'abdiquer quand Philippe IV se décide enfin à s'arrêter devant une baraque cossue et prétentieuse de la rue Émile-Vivion.

Une baraque que je connais bien pour y être venue dîner plusieurs fois, douze ans plus tôt.

Avec ma famille.

C'est là que je comprends à qui me fait penser mon petit roi d'Espagne. Le portrait craché de son père. Monsieur Connard avec un grand C en personne. Maître Gouy, notaire *ès* harcèlements moraux et saloperies de notoriété publique. Le patron de mon père. Accessoirement propriétaire d'une Opel Manta impliquée dans l'affaire qui a conduit à l'arrestation de Gus et retrouvée coulée dans le Rhône.

Je revois Gouy-fils, tiraillé entre Adélaïde, le commissariat et son portable. J'essaie de l'imaginer avec une cagoule et voir s'il pourrait correspondre à l'un des sbires qui encadraient Gus la nuit du braquage.

Je me dis que le hasard n'existe pas.

Voire qu'il ferait bien les choses, pour une fois.

Je compose le numéro du lieutenant Vert-Pêche sur mon téléphone. Un, deux, trois, quatre. Je l'engueule à la cinquième sonnerie.

— Allez, décroche!

Je tombe sur la messagerie, l'engueule copieusement et raccroche en réalisant que j'ai oublié de lui dire pourquoi je l'engueulais. Je rappelle, il ne répond pas davantage, je laisse un message d'amour et coupe, après avoir encore oublié d'expliquer la raison de mon appel. Merde, merde et merde! Je m'auto-engueule, rempoche mon portable, puis je me plante devant la porte d'entrée de la maison Gouy et je sonne.

24

Ding, dong!

Silence de mort à l'intérieur. Je patiente un instant et récidive en carillonnant – *stricto sensu*, un carillon comporte au moins vingt-trois cloches, selon le règlement intérieur de la Fédération mondiale du carillon, mais le terme illustre avec force exagération ma manière insistante de sonner et met également en perspective la taille confortable de ladite maison, ostensiblement bourgeoise, deux étages, porte en chêne rouge d'Amérique massif, ornée de ferronneries imitation XIXᵉ siècle, cent mètres carrés au sol minimum, style nouveau riche.

Ding, dong! Ding, dong! Ding, dong!

J'entends quelqu'un arriver en traînant des pieds, s'activer sur la poignée de la porte et ouvrir.

— Bonjour, dit Gouy-fils.

Pas la peine de lui faire un dessin, il me reconnaît avant même que je me présente.

Et tente *illico* de refermer la porte.

J'introduis ma botte dans l'ouverture et je pousse de toutes mes forces, malgré les protestations urologiques cris-

pées de ma sonde double J. Il résiste avec l'énergie du désespoir, la sonde en moins. Avantage très net à Philippe IV.
Reste ma botte qui l'empêche de refermer.

— Laisse-moi entrer.

— Non!

— Je veux juste te parler.

— Non!

— De l'Opel Manta de ton père.

Silence de cathédrale.

Je tente une approche plus douce, technique de profileur
dans les séries TV américaines :

— Comment t'appelles-tu?

— C'est écrit sur la boîte aux lettres.

Je tourne les yeux. Tiens, le môme a raison. Vissée sur le
mur, au-dessus d'une fente par laquelle glisser le courrier,
une plaque en cuivre sur laquelle sont sobrement gravés les
caractères suivants :

GOUY Gaspard, Nancy et Hervé

Gouy-épouse, avec sa permanente décolorée, ses seins
siliconés et ses jambes terminables, se prénomme Nancy,
grande classe!

Je demande, même si je devine la réponse :

— Tu es Hervé ou Gaspard?

— À votre avis.

— Tu peux me tutoyer.

— Gaspard.

— Quoi?

— Mon prénom, c'est Gaspard.

Je compatis :

— Je suis désolée.

— Va dire ça à mon père.

Je note qu'il me tutoie. On progresse. Avantage : Rose. Je tente de passer à l'étape suivante.

— Moi, c'est Rose.

— Je sais.

— Tu m'ouvres, maintenant qu'on a un peu fait connaissance ?

Gérard, non, pardon, Gaspard marque une pause, avant de finalement lâcher :

— Je préfère pas.

— Je vais finir par avoir une crampe à la jambe.

Il ne cède pas pour autant. Pas bête le rejeton du notaire. J'enchaîne :

— Parle-moi de mon frère, Gus. Tu le connais bien ?

— Vous me prenez pour un con ?

Il m'a vue venir à des kilomètres et il est repassé au vouvoiement. Je perds l'avantage. J'opte pour la franchise.

— Je m'inquiète pour mon petit frère, dis-je. Je ne sais pas quoi faire pour le sortir de prison. J'ai besoin que tu m'aides, Gaspard.

— Ton frère, tu t'es jamais dit qu'il l'avait peut-être bien cherché, ce qui lui arrive.

Coriace et méchant. Avec une enveloppe charnelle telle que la sienne, on pourrait supposer qu'un cygne se cache à l'intérieur du vilain petit canard, mais non !

Je m'apprête à le traiter de petit enculé et à le sommer de m'ouvrir séance tenante pour me dire ce qu'il sous-entend exactement par là sous peine de le dénoncer aux flics, quand une main manucurée, onglée de vernis fuchsia et outrée s'agrippe à mon bras et me tire sauvagement en arrière.

— Encore vous!

Nancy épouse Gouy, miss «Tas de foin» 1987, belle-mère de Gaspard-Gérard ici présent.

— Qu'est-ce que vous fichez là!

— Je discutais gentiment avec votre beau-fils et...

— C'est pas vrai, Nancy, elle ment!

Comme c'est mignon, ce petit salopard méninien est méchant *et* délateur.

La morue bondit sur l'occasion et me plante l'un de ses ongles dans la poitrine.

— Aïe!

— C'est du harcèlement, mademoiselle Mabille! Je vous préviens, je vais porter plainte!

Je ricane crânement, ma botte toujours coincée entre le cadre et la porte, tandis que la morue continue de me tirer en arrière. Gaspard-Gérard pousse de plus belle sur le battant à m'en écraser le pied. Comme si cela ne suffisait pas, mon rein, ulcéré, tourmenté et crucifié, lance des messages d'alerte paniqués en direction de mon cerveau. Je profite d'une seconde de relâchement du gamin pour retirer ma jambe et me jeter sur le côté afin de m'arracher aux griffes de mon assaillante et préparer ma défense. Une berline rutilante s'immobilise à notre niveau, la vitre se baisse et un sexagé- naire asthmatique nous interpelle :

— Un problème, madame Gouy?

J'ignore le quidam. Le regard hystérique de Nancy croise le mien. J'y lis toute sa détermination. Je comprends que j'ai perdu la bataille – mais pas la guerre. Je bats en retraite pendant qu'elle pérore sur mon compte, dans mon dos.

*

Retour place de la Bastille où les émeutiers menés par Adélaïde la Rouge fomentent l'attaque de la prison royale où le gouverneur de Boyer et ses gardes suisses détiennent Gus l'Innocent.

J'aime ma mère, mais elle m'épuise.

Elle est occupée à corriger la première mouture d'un article destiné à être mis en ligne dans l'après-midi, un crayon à papier dans la main droite, une gomme dans l'autre. En termes de symbole du martyre, la Vierge n'aurait pas fait mieux au pied de la croix. J'inspire longuement et me prépare à lui parler de ma visite au domicile des Gouy.

— Maman, il faut qu'on parle.

Des visages impassibles se tournent vers moi dont celui d'Adélaïde.

— C'est important.

Qui ne me répond pas et qui retourne à sa tâche, réduisant en cendres les bonnes intentions qui m'animent.

Je tape du poing sur la table.

— Réveille-toi, maman !

J'ouvre les bras et tourne sur moi-même pour évaluer le désordre ambiant.

— C'est n'importe quoi, tout ça !

De marbre, ma mère corrige une faute d'orthographe et surligne un passage à retravailler. Je me tourne vers Charles.

— Dis-lui, toi !

Le brouhaha du bar comme seule réponse, à peine perturbé par l'arrivée de ma sœur Camille sur la place, à l'arrière de la moto de Goliath, le gamin avec qui elle sortait trois jours plus tôt. Sans casque évidemment, sous les yeux du commissaire divisionnaire Boyer, de nouveau à sa fenêtre, une tasse de café que j'imagine fumant à la main. Cerise sur le gâteau, elle arbore un tee-shirt blanc «Je suis Gus» fraîchement imprimé.

— J'en ai une cinquantaine, clame-t-elle à la ronde. C'est dix euros l'un, dix-huit les deux.

Preuves à l'appui, elle vide son sac et commence la distribution. Les bras m'en tombent. Je refuse celui qu'elle me tend, la bave aux lèvres.

— Oh, et puis faites comme vous voulez, après tout!

Je me tourne vers mon père.

— Tu peux me ramener à la maison, s'il te plaît?

*

Atmosphère tendue comme un ballon de baudruche prêt à exploser dans la voiture. Charles n'en décroche pas une. Je rumine contre ma vitre, dos tourné. Je cherche le moyen de dire toute ma colère contre l'attitude d'Adélaïde sans le blesser et de lui parler de Gouy, épouse et fils, sans l'inquiéter outre mesure. Je choisis la famille du notaire avarié, mais mon père prend les devants.

— Tu devrais être plus indulgente avec Adélaïde.

Au secours! Le sacro-saint couplet sur la mère de famille éplorée.

— Putain, papa, c'est pas la question!

221

— On doit se serrer les coudes.

— Maman se débrouille très bien toute seule!

Il sourit, conciliant, et retire sa main droite de l'embrayage pour me caresser l'épaule d'un geste empreint de tendresse.

— Tu grandis si vite, Rose.

J'ouvre la bouche pour répliquer que, là encore, ce n'est pas la question, mais il me coupe le sifflet une nouvelle fois.

— Tu l'aimes?

— Qui ça? je balbutie.

— Ce lieutenant Richard Personne.

— Papa!

Il murmure, des sanglots dans la voix :

— Tu as raison, ça ne me regarde pas.

Ça y est, il me fait le coup de la larme à l'œil, maintenant!

— Papa, enfin!

Ses doigts se crispent légèrement sur mon épaule, puis glissent le long de mon bras et tapotent ma main.

— Tout ce que je te souhaite, c'est de faire le bon choix et d'être aussi heureuse que ta mère et moi.

Séchée.

Qu'est-ce que vous voulez répondre à ça? Tout l'art de mon père : l'amour et la bienveillance comme réponse aux conflits, parfaite symétrie avec l'amour et la colère d'Adélaïde. Comme le disait Coluche, c'est un numéro de cirque : il y en a un qui coupe les oignons et l'autre qui pleure. Nous arrivons à la maison peu de temps après. Mon père repart aussitôt.

Je grimpe dans ma piaule sous le regard sidéré de Kill-Bill qui se met à aboyer pour me signifier que j'ai oublié de le saluer. L'atmosphère empeste. Je vire Gobbo et Thalabert qui se prélassent sur ma couette depuis trois jours et les cadavres de souris qu'ils ont rapportés en signe de reconnaissance pour le loyer gratos. C'est félin, comme réflexe, mais je ne suis pas d'humeur. Je ne sais plus qui a dit qu'un chat, c'est un cœur avec des poils autour, mais il avait méchamment raison. Pour le cœur, je ne sais pas, mais pour les poils, pardon! Il y en a des kilos jusque dans les moindres recoins.

Et merde! Mon père a raison.

J'attrape mon perfecto et je balaie mon petit espace adolescent du regard.

Je ne prends que l'essentiel, mon portable, un disque dur comme discographie, *Journal d'un vieux dégueulasse* de Bukowski, *La Divine Comédie* de Dante et l'intégrale d'Erskine Caldwell. Je fourre le tout dans un sac, avec une brosse à dents, un carré de savon, mes anti-inflammatoires, suffisamment de tee-shirts et de culottes pour tenir une semaine. J'hésite. Je me dis que j'ai besoin de réfléchir et qu'au milieu du chaos familial, ce sera impossible. Je me sens obsédée comme Ty Ty Walden, le pauvre fermier veuf du roman *Le Petit Arpent du Bon Dieu*. Lui, c'était l'or et le sexe. Moi, la recherche de la vérité – et le sexe. Je n'hésite plus : je tire la fermeture éclair du sac d'un geste déterminé.

Je griffonne un mot à la hâte et le laisse bien en évidence, à côté de la trappe :

J'ai la sonde double J qui me travaille.
Besoin de faire le point quelques jours.
Je vous aime.
Rose.

223

Lorsque que je me retrouve au volant de ma Saxo, sur la route de Lamastre, j'ai l'impression désagréable d'être en fuite. Mon cœur tachycarde, mes paupières papillonnent, mes tympans bourdonnent et mon ventre me chatouille. Un peu comme si je fuguais pour la première fois de ma vie. Sauf qu'à bientôt vingt et un ans, techniquement, on ne fugue pas, on fait sa vie.

25

— Odette !

Je frappe un coup supplémentaire.

— Odette !

— Qui c'est ?

— C'est moi, Rose !

La porte s'ouvre en grand sur une Odette en tenue d'intérieur, bigoudis, blouse à fleurs, un jeu télévisé en fond sonore, télécommande à la main.

— Vous faites de la poésie à domicile, maintenant ?

— Je pars de chez mes parents.

Son visage se décompose.

— Pauvre petite ! Vous avez besoin d'un endroit où dormir ?

Je pointe son plafond du doigt.

— Le locataire du dessus ne répond pas au téléphone, je suis crevée et j'ai mal aux reins. Je peux l'attendre ici ?

Sourire d'Odette – ça vaut tous les anti-inflammatoires du monde.

— J'ai mieux que ça, glousse-t-elle.

Elle repart en trottinant à l'intérieur de son appartement,

farfouille un moment et revient à la même allure, un jeu de clefs entre les mains.

Elle me les présente, je tends la main pour les récupérer, mais elle ne les lâche pas.

— Vous me raconterez, hein !

Euh…

Je botte en touche :

— Merci, Odette.

L'instant d'après, je m'introduis dans l'appartement du lieutenant Vert-Pêche, m'affale sur le futon encore imprégné de nos effluves corporels nocturnes et je m'endors comme un chat – un cœur avec des poils et un tee-shirt XXL Def Leppard autour.

*

Le petit flic débarque sur les coups de neuf heures du soir, alors que je termine de me sécher les cheveux. Une casserole de pâtes bolognaises mitonne sur la gazinière. Slash nous rejoue la bande-son du *Parrain* sur la chaîne hi-fi, je porte une jupe écossaise très courte, des bas résille savamment découpés à la Nancy Spungen, un pull en laine brodé *Yes, I'm a fucking Princess* et j'embaume le savon de Marseille. N'importe quel mec normalement constitué se barrerait en courant en découvrant ça dans son appartement, mais Richard Personne est du genre bien élevé, un peu lent à la détente ou les deux. Il se contente de poser le carton qu'il transporte sur la table basse et de m'enlacer avec tendresse comme s'il avait deviné que c'était la seule chose dont j'avais envie.

Il s'écarte.

— Journée bizarre, fait-il.

— C'est le mot que je cherchais, dis-je en pensant aux frasques d'Adélaïde, à mon échange avec le divisionnaire Boyer et à la conversation abracadabrante avec mon père.

Il goûte la sauce et se brûle la langue. Je baisse le volume des haut-parleurs.

— L'adoption, je fais, pensive. Je ne sais pas ce qu'ils ont tous avec ça, aujourd'hui. C'est comme si vous vous étiez passé le mot.

Il sourit en se léchant les lèvres.

— Si tu me racontais tout ça pendant qu'on mange le festin que tu nous as préparé, qu'en penses-tu ?

Je m'attable et je vide mon sac, en me souvenant des paroles de ma mère, quelques années plus tôt, alors que je lui demandais comment ça s'était passé, pour Gus et Antoine.

«Rappelle-toi, Rose, le chemin de croix de l'adoption. Plus t'es riche, plus tu peux adopter des enfants jeunes et blonds aux yeux bleus. »

Vert-Pêche me fait le plus beau des cadeaux : il écoute sans m'interrompre.

— Charles et Adélaïde ne sont pas que mes parents. Ce sont aussi des gens bien, même s'ils sont parfois difficiles à vivre au quotidien.

Douze ans auparavant, ils avaient ce trop-plein d'amour à offrir. Ils voulaient d'autres enfants. Ils n'avaient jamais cherché à se cacher derrière le paravent de la charité et des enfants à sauver de la misère. Leur discours n'était pas calibré pour les plateaux télé. Bien sûr, c'était et c'est toujours une de leurs valeurs, mais ils n'ont jamais été dupes des

227

réactions tiers-mondistes des gens quand les Colombiens sont arrivés en France, du style «Oh, comme c'est formidable, ce que vous faites, ces pauvres petits orphelins que vous sortez de la misère, vous leur offrez une famille, un toit, un avenir!». Misère, mon cul! La vérité, c'est qu'ils voulaient des enfants, plein d'enfants. Qu'ils comptaient bien aimer comme les leurs. Pas de petit calcul mesquin, pas d'idéologie derrière. Et le système, ils l'emmerdaient. Ils prirent tous ceux dont les autres n'avaient pas voulu. Gus, Antoine et Camille, avec leurs cicatrices, leur vécu, leur toxoplasmose et leurs vers intestinaux. C'était pareil pour eux. Et c'était même mieux. Leur amour n'était pas cette forme d'eugénisme adoptif que pratiquent certains États et certains parents qui n'adoptent que des enfants qui leur ressemblent. Leur amour n'avait aucun point commun avec les United Colors of Benetton de ceux qui veulent en mettre plein la vue! Adopter, pour Charles et Adélaïde, ce n'est pas de grands principes et de beaux discours publics. C'est juste une petite affaire privée d'amour.

— Et plus on est de fous...

Vert-Pêche sauce son assiette et se lève pour laver la vaisselle.

— Café?

J'acquiesce.

— Tu comprends, moi, ça me rend dingue quand les gens me disent : «Mais queeel couraaaage ont vos parents! Moi, je ne pourrais pas!» Merde, il a jamais été question de courage! À part peut-être celui d'avoir autant de gosses!

La vérité, c'est que ces gosses auraient pu crever là où ils avaient grandi sans avoir jamais rien demandé à personne.

C'était eux, les courageux. Se retrouver dans un pays qui, cinq cents ans plus tôt, avait participé à ruiner leur peuple et à les précipiter dans le chaos, ça demande au contraire une sacrée force de caractère. Endurer le racisme ordinaire alors qu'on n'a rien demandé au départ, ça c'est courageux. Gus est courageux. Et ceux qui pointent du doigt son portrait en une du journal sont de sacrés lâches parce que c'était probablement les mêmes qui félicitaient mes parents pour leur générosité et leur courage. Bande d'hypocrites qui pensent tout bas : «Pauvre Charles, pauvre Adélaïde, eux qui se sont sacrifiés pour Gus, voilà comment il les remercie!» Gardez votre morale pour vous! Et vous savez quoi? Ce que je propose, c'est que dorénavant, pour chaque adoption, ce soit les parents et les proches qui prennent des prénoms colombiens, et non l'inverse. Ce serait chouette, non? Ça devrait être obligatoire. Ça serait la moindre des choses pour les comprendre, eux et d'où ils viennent. Pour se mettre dans leur peau, rien qu'un peu, et on devrait aussi apprendre leur langue! *Una cerveza por favor, señor!* comme dirait Charles.

— Pour paraphraser un blogueur dénommé Hugo Horiot qui, lui, parlait de l'autisme, l'adoption n'est pas le problème pour les personnes adoptées. L'adoption est le problème des «ignorants», des «cons» et des «abrutis pas en forme».

Vert-Pêche hoche la tête.

— Comme beaucoup de problèmes.

J'acquiesce. L'odeur de café nous enveloppe. Vert-Pêche se glisse derrière moi et m'embrasse dans le cou. J'allume une cigarette et tant pis si j'avais juré d'arrêter.

J'ajoute :

— Charles et Adélaïde ne sont pas des héros, juste des amoureux qui se bécotent sur un banc public sur lequel il reste encore un peu de place pour les autres.

Il pouffe.

— C'est beau ce que tu dis.

— Mais je le pense.

Je siffle mon café, écrase ma clope, retire mon pull et me jette sur le futon.

— Bon, assez parlé, on baise ?

Vert-Pêche lorgne du côté de mes seins, le carton qu'il a apporté tout à l'heure.

— Le problème, c'est que j'ai ramené du boulot à la maison. Commence sans moi, je te rejoins dès que j'ai fini...

Je balance un coussin dans sa direction, il esquive, je le manque de peu.

— C'est quoi ? je fais en désignant le carton.

Il hésite un peu, pas longtemps.

— Les disques durs des caméras de tous les restaurants des environs.

Il allume son ordinateur, j'allume le mien. Il retient mon bras, avec tendresse mais fermeté.

— J'en ai pour un moment, dit-il.

— Tu veux dire que je n'ai pas le droit.

— Théoriquement...

— Mais tu ne comptes pas rester flic longtemps, de toute façon.

— Techniquement, comme il s'agit d'une enquête sur ton frère...

Il saisit un premier disque dur et le branche sur son ordi-nateur.

Je fais la moue, même si je sais qu'il a raison.

— Dans ce cas, Gus passe avant l'amour.

— C'est un slogan ?

Je grimace.

— C'est temporaire.

Je renfile mon pull et mes bottes.

— Qu'est-ce que tu fais ? demande-t-il.

— La tournée des bars.

Je réajuste ma jupe.

— Histoire de me trouver un mec pour qui le sexe n'est pas une question de priorité.

26

La bataille, mais pas la guerre, disais-je.

37, rue Émile-Vivion. Gouy Gaspard, Nancy et Hervé, me revoilà! Dopée au Doliprane et au Kétoprofène, clope au bec, bien calée derrière le volant de ma Saxo, l'œil rivé au rétroviseur. Nuit étoilée, mistral quasi nul, lune rousse et température avoisinant les onze degrés Celsius, soyons précis.

22 h 27, presque minuit, l'heure du crime.

Une lumière cuivrée se met à clignoter à la mode gyrophare au-dessus du portail qui coulisse, comme le font si bien les portails dont c'est l'une des deux fonctions principales. Quand on y pense, c'est tout de même terriblement monotone et prévisible, une vie de portail, coulisser dans un sens, puis dans l'autre, et faire office de mur, la plupart du temps, tout ça parce qu'un imbécile heureux a inventé un jour le concept de propriété privée. Il suffit d'ailleurs que le mécanisme se grippe et que ledit portail reste accidentellement ouvert pour que les propriétaires paniquent, branchent leurs caméras de vidéosurveillance high-tech, stockent du sucre, des pâtes et de la farine, claquemurent leur famille – les femmes et les enfants d'abord ! – et astiquent leur fusil, tétanisés par la peur, alerte maximale, prêts à endiguer la moindre invasion, c'est dire la puissance monotone et prévisible du concept.

Le scooter Yamaha de Gaspard-Gérard Gouy, fils d'Hervé et beau-fils de Nancy, sort de l'ombre et s'élance dans la nuit artificielle de l'éclairage public, tandis que la lumière orange continue de clignoter et que ce con de portail coulisse dans le sens inverse pour se refermer, puisque tel est son destin d'alibi sécuritaire et de signe ostentatoire de richesse.

J'écrase mon mégot dans le cendrier, tourne la clef dans le démarreur avec célérité et, en voiture Simone ! je m'arrache à ma condition de stationnée pour celle, plus divertissante et néanmoins plus polluante, de « en filature ».

Direction la nationale 7, puis le pont qui enjambe le Rhône, fièrement suspendu en aval de sa jumelle passerelle. Au rond-point, je me faufile dans la circulation automobile et noctambule ardéchoise, anonyme parmi les anonymes. C'est lampadaires, éclairages aseptisés, tôles glacées, panneaux standardisés, pare-chocs contre pare-chocs comme dans un livre de Ballard. Le scooter trace vers le sud de la ville, s'arrête au feu orange, redémarre au vert, passe sans trembler devant l'unique radar automatique de Tournon-sur-Rhône à l'allure vertigineuse de trente-huit kilomètres heure. Gaspard est un guedin, il roule à donf, l'ivresse de la vitesse, la terreur des carburateurs, tout ça...

Deuxième rond-point, la zone commerciale, son hypermarché rebaptisé sept fois en trente ans au gré des rachats successifs et des tendances monopolistiques de la grande distribution, son magasin de légumes bio-industriel, son fast-food, sa barre d'immeubles HLM qui pointe le bout de ses antennes, en arrière-plan, ses enseignes criardes qui défient la nuit de leurs slogans ineptes, cette jeune femme mystérieuse et anorexique de papier glacé, en string et soutien-gorge à dentelles, en quatre par trois, qui survend les qualités perforantes et phalliques d'une perceuse-visseuse pour la modique somme de…

— Mon petit Gaspard, où vas-tu? je sifflote en maintenant une distance de sécurité entre nous.

La réponse tombe, une minute plus tard, quand il se gare comme un manche, à l'entrée du skate-park. À cette heure-ci, l'endroit est désert, à l'exception d'un ivrogne inerte, gisant sous l'une des rampes, dans un lit de tessons de bouteilles, une canette métallique Kronenbourg à la main – on n'est jamais trop prudent, il s'agirait pas de se couper.

Je consulte l'horloge de la voiture, 22 h 39, Gaspard retire son casque, s'allume une clope, tousse à s'en arracher les poumons à la première taffe, vérifie d'un mouvement latéral de la tête que personne ne l'a vu et jette sa clope à peine entamée dans la fosse, comme le font les hommes, les durs, les vrais. Vif comme l'éclair, l'ivrogne, qui ne dormait que d'un œil, bondit hors de sa couche de verre pilé, se rue sur la cigarette et disparaît aussi sec derrière un bâtiment, ni vu ni connu, je t'embrouille. Entre-temps, mon Gaspard a fait un bond de trois mètres en arrière, tant il a eu la frousse, et se remet doucement de ses émotions en vérifiant une nouvelle fois qu'il n'existe aucun témoin du ridicule de la scène. Puis, pour se donner une contenance, il extirpe son portable de la poche de sa veste et contemple, placide, les dernières vidéos comiques, canines et pornographiques sur les réseaux sociaux.

Médusée, je me grille une cigarette, comme on croque du pop-corn au spectacle. Le quotidien d'un adolescent est passionnant. Et dire qu'il est des anthropologues qui se plaignent de ne plus avoir de nouveaux territoires socioculturels à explorer. Venez au skate-park, mes amis! Venez, observez et prenez-en de la graine, bande de lévi-straussiens de pacotille! L'extension marchande du domaine de l'adolescence vaut son pesant de cacahuètes de Soustons. Leurs rituels boutonneux, leurs borborygmes communicationnels, leur langage SMS ergonomique et tribal, leurs followers, mateurs, mouchards, fils à la patte, indics, épieurs, cafteurs, roussins, délateurs, sycophantes, leurs accoutrements grégaro-moches personnalisés et standardisés à l'infini, leur organisation sociale smartphone-centrée, les iPhone7, et tout en bas, les LGK4Dual, au ban de la société. On ne s'en lasse pas. Gaspard-Gérard vaut un groupe à lui tout seul. Il est l'adolescent-monde. Il mètre-étalonne, Gaspard. C'est plus fort que lui, ça le dépasse, ça nous dépasse toutes et tous d'ailleurs – sans doute à cause de cette vacherie de rapports de production, comme le fait dire Manchette à Georges Gerfaut roulant en état d'ébriété avancé sur le boulevard périphérique extérieur parisien dans le chapitre I du *Petit Bleu de la côte Ouest*.

23 h 38. Son téléphone sonne. Gaspard nous refait un bond de trois mètres, ce qui le replace à sa position initiale. Il décroche, d'un geste fébrile, tel John Wayne dégainant son vieux six-coups Smith & Wesson. Puis raccroche. Un instant après, un deuxième scooter déboule en pétaradant. Ils sont deux, cette fois-ci. Ils s'arrêtent près de Gaspard. Ils descendent et retirent leur casque.

Un grand dadais et un petit costaud.

De mauvaise humeur, tous les deux. Ça pousse, ça cha-hute, ça bouscule, ça insulte. Gaspard n'est pas en reste. Il se défend et relance la gueulante dès que les deux autres se calment. Je n'entends rien d'où je suis, pas même des bribes, mais il y a autre chose qui me turlupine.

Le grand, jamais vu, d'accord, mais j'ai tout de suite reconnu le petit teigneux, élève dans le même collège que mon frère Gus, probablement un niveau au-dessus. Un gamin à qui Pacôme donnait des cours de mathématiques, deux ans plus tôt. Je l'ai croisé à la maison, plusieurs fois.

J'appelle Pacôme qui décroche à la première sonnerie.

— Tu es où ? hurle-t-il, sur fond de tubes de La Compagnie créole. C'est la folie, ici ! Antoine vient d'offrir sa cinquième tournée, les collègues de maman mettent une ambiance du tonnerre. Le barman est un formidable joueur d'échecs…

Je le coupe :

— Le gamin à qui tu donnais des cours de maths, il y a deux ou trois ans. Un petit, blond, frisé, il s'appelait comment ?

— Félix, il répond du tac au tac. Durieux.

L'esprit cartésien de mon frère, toujours prompt à passer d'un problème à un autre.

— Un très bon élève, pas con du tout, fils à papa, père avocat et mère responsable marketing dans une grosse boîte de Valence, qui avait juste décidé de ne plus rien foutre en classe et de fumer de l'herbe pour faire chier ses parents. Au bout de trois cours, je l'ai renvoyé chez lui. Il n'avait visible-ment pas besoin de moi. Je ne l'ai jamais revu depuis, mais avec un peu de chance il habite toujours à la même adresse.

— Un grand dadais avec qui il traînait, ça te dit quelque chose ?

— Non.

Il ajoute, après une pause :

— Tu sors vraiment avec ce flic ?

— Oui. Ça pose un problème ?

— Pas à moi !

— Tout va bien, alors.

— En tout cas, Adélaïde va adorer.

Je ricane.

— C'est déjà le cas.

Il se marre.

— Génial !

— Je dois te laisser, bonne nuit.

Il rit de plus belle et raccroche.

Devant moi, la prise de bec des trois branleurs adolescents touche à sa fin. Je les photographie avec mon portable sous toutes les coutures, avant qu'ils ne renfilent leurs casques et ne décanillent dans la même direction, puis se séparent au rond-point suivant. J'abandonne les poursuites pour ce soir. Je sais où deux d'entre eux crèchent. L'essentiel, c'est leurs sales bobines dans la carte mémoire de mon portable. Je m'étire et remets le moteur en marche.

Dix minutes plus tard, je sonne à l'appartement du lieutenant Vert-Pêche, qui m'ouvre, avec sur le visage l'air ahuri du type qui vient de se farcir plus de deux heures de visionnage de caméras de vidéosurveillance. Je l'embrasse, d'abord, je brandis ensuite mon téléphone sous son nez et lui dis :

— Je crois que je sais qui chercher.

27

Finalement, on a quand même pris le temps de forniquer, vu que le visionnage des allées et venues des bouffeurs de burgers-frites et des amateurs de sodas lui a pris beaucoup plus de temps que prévu.

Disons, une moyenne respectable. Toutes les quatre heures – notre façon toute personnelle de militer pour la réduction du temps de travail. C'est-à-dire dès que ses paupières en berne déclaraient forfait à force de scruter le moindre détail d'images de mauvaise qualité visuelle et dès que j'en avais envie.

Mater des gens bouffer, ça donne faim, c'est bien connu. Mais la malbouffe à la chaîne, je vous jure que ça vous file la gerbe à tous les coups. Ou l'envie de refaire le monde. Nous optons pour la seconde, en fonction des horaires de travail du lieutenant Vert-Pêche, d'astreinte le week-end.

Avec pilule, préservatifs et cuisine à l'huile d'olive, on n'est jamais trop prudent.

La garde à vue de Gus est finalement prolongée jusqu'au terme du temps légal. Le buraliste miraculé fait la une de la presse sur son lit d'hôpital, sur fond d'envolées lyriques de son épouse, parangon de la vertu commerçante buraliste et pourfendeuse de la racaille internationale colombienne. Adélaïde ne m'a pas appelée. J'ai décidé de ne pas aller lui rendre visite. C'est douloureux, mais je crois que c'est mieux comme ça. Elle entame sa deuxième journée de grève, soutenue par une pétition signée de la main de sept cent vingt-huit personnes, au dernier recensement. Le commissaire divisionnaire Boyer ne cède pas. Il joue la montre. En 1920, des membres de l'armée républicaine irlandaise ont jeûné près de quatre-vingt-quatorze jours à la prison de Cork. Ma mère n'escompte pas tenir aussi longtemps, mais elle vise les quarante-trois jours réalisés par Theresa Spence, à partir du 11 décembre 2012, dans un tipi sur l'île Victoria pour défendre les droits des Premières nations indiennes du Canada contre l'absurdité de la loi omnibus conservatrice C-45.

Antoine fête sa deuxième journée de chômage, ce qui est nettement moins impressionnant.

Camille, ses retrouvailles avec Goliath et sa moto – elle est même passée me voir pour me demander si elle pouvait récupérer ma chambre, maintenant que j'ai quitté la maison.

— Si tu veux.

— Et pour tes affaires ?

— Tu n'as qu'à les ranger dans des cartons et les mettre à la cave.

— C'est déjà fait, mais papa dit qu'il a besoin de la place pour stocker du matériel pour la grève de la faim de maman.

Charmant.

— Je passerai les récupérer.

— Quand ?

— Dès que Gus sera libéré?

— Cool!

Entre-temps, Vert-Pêche a déjà visionné plus de la moitié des enregistrements couvrant un peu plus du tiers des établissements susceptibles d'avoir nourri les deux cagoulés responsables de tout ce merdier. Qu'il a épluchés comme on étudie l'herméneutique, Rudolf Otto, Gerardus van der Leeuw ou Maurice Leenhardt : pour préparer un concours ou un cours, pas pour le plaisir.

Il est sept heures, à l'aube du deuxième jour, quand une magnifique belle-dame se pose sur le rebord de la fenêtre, repliant ses ailes orange et noir tachetées de blanc. Vert-Pêche l'observe en rêvassant.

— La nature est étonnante, dit-il.

Je m'étire en bâillant.

— Un papillon, c'est jamais qu'une mite qui aurait pris de l'acide.

Il rit, puis se fige, les yeux rivés sur l'écran de son ordinateur.

Il dit :

— Là!

Je bondis à côté de lui. En haut à gauche de l'écran, clignote la mention *Park. ext. entrée sud - Dimanche 19 mars, 23:54.* Une Opel Manta blanc écru entre dans le champ de vision en zigzaguant et se gare de travers près de l'entrée du Burger King de Valence, situé à une vingtaine de kilomètres au sud de Tournon. Deux silhouettes à capuche s'en extraient et se dirigent d'un pas nonchalant vers la porte d'accès de l'établissement, sous l'œil blasé d'un vigile, de son chien

240

muselé et d'un couple qui sort du restaurant, sa commande à la main.

Bingo!

Un grand et un petit.

Nous retenons notre souffle, pendant que j'ouvre le fichier correspondant à une deuxième caméra. Le disque charge, le PC rame, je place le curseur à l'heure qui nous intéresse. Changement de point de vue. *Salle principale int. caisses – Dimanche 19 mars, 23:57.* Deux silhouettes commandent un Grilled Chicken, un BBQ Bacon King™, un Sprite® et un Melo Yello® – *beuark*! Deux menus. Pas trois. À une heure où Gustave est encore dans la chambre, avec Antoine, à préparer sa virée nocturne.

Face à la caméra, les deux capuches ont maintenant des visages. Pas nets-nets, mais aisément identifiables si on les compare avec les photos que j'ai prises.

Le grand dadais et Félix Durieux, l'ancien élève de mon frère. Quinze, seize ans, pas davantage, boutons d'acné compris.

J'écarquille les yeux. Vert-Pêche fait une capture d'image et zoome au maximum.

— C'est eux, aucun doute.

Je hoche la tête.

— Ces deux petits branleurs ont juste l'âge de commencer la conduite accompagnée et de rouler en scooter. Là, ils conduisent une sportive avec 11 chevaux sous le capot, traversent la ville, se garent sur le parking d'un fast-food, retournent braquer un bureau de tabac avant de balancer la caisse dans le fleuve, en toute impunité, sans que personne ne se dise : «Tiens, c'est bizarre, deux ados au volant d'une grosse berline qui zigzague. Si on prévenait les parents, qu'en penses-tu chérie ? » C'est dingue !

— Même heure que le ticket retrouvé dans l'Opel Manta, même commande.

— On sait où ils vivent.

Écœurée, je lui demande de relancer l'enregistrement. Il étudie attentivement l'image, quand soudain, un troisième gamin les rejoint et passe à son tour commande.

Je le reconnais aussitôt.

Vert-Pêche bascule sur le fichier précédent, côté parking. 00:07, nos trois adolescents retournent à l'Opel Manta. Branleur n° 3 est agité. Il gesticule dans tous les sens. Branleur n° 1 & Félix Durieux grimpent dans la caisse et se tirent, majeurs tendus par la vitre baissée de leur portière respective. Branleur n° 3 leur fait un bras d'honneur, reste planté une bonne minute au milieu du parking quasi vide, puis retourne tranquillement bouffer son menu à l'intérieur de l'établissement. Quatre heures plus tard, branleur n° 1 et Félix Durieux enlèvent Gus, commettent le braquage du bureau de tabac alors que le propriétaire fait tranquillement ses comptes et trie les commandes de tabac et de la presse du jour, avant que son salarié ne vienne en récupérer une partie pour assurer les livraisons dans les villages environnants.

J'attrape mon paquet de clopes et m'en allume une. Vert-Pêche tapote l'écran du doigt pendant que le gamin termine d'enfourner son hamburger.

— Qui est-ce ?

— Gaspard Gouy.

— Le troisième sur les photos ?

242

— C'est ça.

On a l'heure, les noms des protagonistes, les preuves matérielles et la voiture ayant servi de transport pour commettre le crime, l'Opel Manta.

Je précise :

— Le fils du patron de mon père.

28

— Gus a été libéré ?

— Ce lundi matin, à la première heure.

— Plus de poursuites ?

— Fini.

— On a gagné, alors ?

— Après la guerre, parfois la guerre continue, fait remarquer Ferdinand, fataliste.

Les urgences de l'hôpital sont en pleine effervescence comme un mal de crâne sous aspirine. Naturellement, je suis aux premières loges pour fêter ça. Trois heures d'attente. Camille m'aide à réajuster mon oreiller sans perdre de vue le bleu abyssal des yeux de l'infirmier qui installe ma perfusion. Je me tords de douleur en gémissant.

— Adélaïde ?

Mon frère aîné secoue la tête.

— Hervé Le Corre.

— Ça fait un mal de chien.

— La victoire a souvent un goût amer.

— Non, je parle de mon rein.

À peine le lieutenant Personne a-t-il refermé la porte de

son appartement pour partir à la pêche au juge d'instruction et aux commissions rogatoires que ma sonde double J sonnait le glas. Voilà ce que c'est. Vous vous préparez à la jouissance de la victoire avec force tambours, trompettes et chants révolutionnaires et, le moment venu, Pyrrhus se rappelle à vous, votre corps vous lâche et c'est la Bérézina dans la tuyauterie. Pour une fois que la police cède sous la pression populaire, il faut que je rate ça, c'est à pisser (des calculs rénaux) de rire.

— Gus devrait rentrer à la maison dans les heures qui viennent, le temps que Charles règle les questions de paperasse.

Je m'insurge :

— Par les voies naturelles!

— Légales, tu veux dire, non?

— L'urologue, pour retirer la sonde de mon uretère.

Ferdinand grimace

— Ils t'endorment, au moins?

Scandalisés, les muscles de mon périnée se contractent face à tant d'ignorance.

— Tu crois que la gynéco me fait une anesthésie générale à chaque frottis!

Mon frère bat en retraite et se réfugie dans le tome III des œuvres de Lénine. Camille et l'infirmier échangent leurs numéros de portables. Une vieille dame, assise sur son lit, demande quand aura lieu la prochaine représentation de *Fidelio* par Maria Callas au théâtre antique de l'Odéon, à Athènes. Dans le fond, un gamin de huit ans pianote sur le portable de sa mère, qui le lui retire, excédée. Le bambin émet un larsen strident de dépit semblable aux hurlements du violon d'André Rieu quand il reprend le *Boléro*. C'est Ravel qu'on assassine! Outrée, l'assistance porte sur la mère un regard lourd de reproches – laissez-le jouer à Candy Crush, qu'il nous fiche la paix, y a des gens qui souffrent ici! Une femme sur le point d'accoucher surgit dans la salle en criant que la mort la prenne, là, sur-le-champ, et elle remet tout le monde d'accord. Elle est secondée par son mari-ca-méscope et une sage-femme aux allures d'Isabelle Nanty dans *Les Tuche 2*, poussez, madame Coin-Coin, poussez! Le temps d'une ou deux contractions, la parturiente sirène et tornade, avant de disparaître par une porte à double battant. La mère indigne profite de la diversion pour rendre le portable à son gosse en lui passant la main dans les cheveux.

— Pas longtemps, hein!

Les parents démissionnaires, de nos jours, j'vous jure!

Seule avec mon rein en feu, j'attends qu'une place se libère au bloc. L'infirmier délaisse un instant ma sœur pour brancher mon cathéter et en avant, Guingamp! La morphine fait son petit effet et m'envoie illico au septième ciel – j'ai pas compté, mais pas loin, en tout cas. J'envoie des SMS coquins à Vert-Pêche qui, professionnel jusqu'au bout de la matraque, me tient au courant des progrès de l'enquête.

Moi : Tu l'as déjà fait avec des menottes?
Lui : Perquisission au domicile de Félix Durieux et, ah oui, le grand dadais s'appelle Antonin Vergne, c'est le beau-fils du sous-préfet Mauri. Élève en seconde au lycée privé catholique, le même établissement que celui du fils Gouy. Ils ont avoué tous les deux, à peine assis dans la voiture qui les menait dans les locaux de la PJ.

246

Moi : Perquisition. Avec un « t » comme T VRÉMAN NUL AN FRANSSÉ.

Lui : Je te raconte pas la valse des sonneries de téléphone au commissariat. C'est Beyrouth, ici. La double arrestation vire au pugilat. Boyer ne comprend pas ce qui lui tombe sur la gueule. Il se fait allumer depuis six heures du matin sans interruption. On l'entend gueuler depuis les collines de Tain-l'Hermitage.

Moi : Je peux essayer de piquer une blouse d'infirmière, si tu veux.

Lui : Les petits Vergne et Durieux se sont payé des fringues avec l'argent et planquaient les cartouches de clopes dans la cave du gîte de la famille Gouy, situé à l'entrée de la vallée du Duzon, pas très loin de chez toi. Gouy-père le loue uniquement l'été. Il n'est évidemment pas au courant. Gouy-fils a donc chipé les clefs à son père et, comme il a oublié d'être con, les leur a refilées, moyennant un loyer de deux mille euros par mois.

Moi : Tu préfères un stéthoscope ?

Lui (solennel) : C'est là que ton frère Gustave a été retenu prisonnier et drogué avec des calmants pendant trois jours. Quand il leur a échappé, la première fois, ils ont cru qu'il allait tout balancer aux flics, alors ils l'ont cherché, retrouvé au squat et embarqué avec eux pour quelques jours, histoire que l'affaire se tasse. Une seule règle, l'improvisation.

Moi : On peut aussi essayer la sonde double J, note que j'ai rien contre, mais je te préviens, cette fois-ci, on fait ça avec TES voies naturelles. Moi, j'ai déjà donné.

Lui : Ils comptaient écouler eux-mêmes les cigarettes dans les collèges et lycées de la ville et des environs pour se faire de l'argent de poche. Le braquage n'était pas prémédité. Après avoir récupéré la Manta de Gouy, avec l'aide du fils, dans l'idée de faire un tour et de la remettre à sa place avant que son notaire de père s'en aperçoive. Rap à fond dans le poste, genre De Niro dans *Taxi Driver* relooké en 50 Cent ardéchois. La vie de château. Fast-food au Burger King de Valence et dérapages contrôlés sur le parking du Champion.

Moi : Mais le grand truc, franchement, ce serait un plan à trois avec l'infirmier qui vient de me brancher une perfusion de Tramadol.

Lui : Là-dessus, ils tombent sur Gus qui fait le mur. Félix le connaît, ils décident de lui faire une mauvaise blague. Là encore, ils improvisent. Cagoules, moteur rugissant de l'Opel Manta, freinage intempestif, portières qui claquent, simulacre d'enlèvement…

Moi : Ou avec Fée-Rousse, la petite infirmière suédoise du service urologie, j'ai rien contre non plus.

Lui : Quatre heures du mat, ils aperçoivent la grille levée du tabac-presse de la rue Thiers, toutes lumières allumées. Le buraliste commence sa journée et prépare les journaux à envoyer dans tous les points de vente du secteur. Dopés à la puberté imbécile heureuse, aux sodas et à l'odeur de gomme brûlée, ils tirent Gustave hors de la voiture et le plantent devant la caméra de vidéosurveillance. Tu connais la suite.

Moi : Sévère, à coup sûr. Le genre panthère avec fouet ou cravache, *grrr! Tac, tac, tac,* à la fin de l'envoi, je touche!

Lui : Je te laisse, ton frère ne va pas tarder à sortir et, vu le monde en bas, Boyer veut qu'on assure un minimum de service d'ordre… Au fait, tu connais la dernière de ta mère?

Moi : Je lui en toucherai un mot.

Lui : Elle s'est enchaînée à la porte du commissariat. On cherche une pince-monseigneur pour que ton frère puisse sortir.

Moi : Je piquerai de la morphine, aussi, tu vas voir, c'est super! Tu profites de toutes les sensations au ralenti, mais pas de douleur.

Une heure plus tard, alors que je nage en plein brouillard, le docteur Frédéric Fay apparaît sur ma droite, toujours la barbe approximative, l'œil qui globule et le même air tragique qui vous susurre à la libido : «Mourir… dormir, dormir! Rêver peut-être! C'est là le hic. Car, échappés des liens charnels, si, dans ce sommeil du trépas, il nous vient des songes, halte-là!» Être opérée par les voies naturelles ou ne pas l'être, là est la question… Je sursaute, avec dix secondes de retard – la morphine ralentit considérablement mes réflexes. Le médecin ne bronche pas, lui, il m'ausculte, placide, d'un geste clinique d'une précision absolue. En bas de ses bras, ses mains. Au bout de ses mains, son stéthoscope. Au bout de son stéthoscope, mon sein gauche qui palpite encore au souvenir de ma petite conversation érotique avec le lieutenant Vert-Pêche, ses menottes de service et les dessous affriolants de Fée-Rousse. Je shakespeare un grand coup et m'excl-hamlet :

— Toi, non! je fais en pensant partie à trois.

— Et si! réplique l'urologue, ravi, qui, lui, songe pinces, endoscopie et voies naturelles.

J'en frémis.

Ferdinand et Camille m'abandonnent à mon sort. Des petites mains m'emportent dans les profondeurs de l'hôpital tandis que le sourire narquois du docteur Fay m'accompagne jusqu'au bloc.

Lumière crue, attitude crispée de l'assistante, Bétadine et piqûre instantanée. Je frémis et je défaille. L'ablation de la sonde double J prend moins de cinq minutes, montre en main. L'urologue a le profil Mengele, mais la vocation Pasteur. Rien de personnel là-dedans. Il fait ça pour l'amour de l'art. Il aurait pu être peintre royal, mécanicien chez Bugatti ou champion du monde d'échecs, pour lui, c'est kif-kif bourricot, ce qui compte, c'est la précision du mouvement, la fluidité du geste, la rapidité d'exécution et le résultat. Je n'ai même pas le temps de souffrir qu'il a déjà terminé. On me retire le cathéter, on me tend mes vêtements pour me rhabiller, un formulaire d'arrêt maladie et un bon pour revenir faire un tour de manège hospitalier dans trois mois, histoire de s'assurer que mes urines sont toujours de la bonne couleur.

Tel le héros modeste fuyant les trompettes de la renommée, le docteur Fay disparaît par une porte coulissante latérale, me laissant seule, passablement dégrisée, avec l'assistante, chargée de ranger le bordel qu'il a laissé, et la dépouille de l'instrument qui me torturait l'uretère depuis cinq jours.

— C'est tout ? je m'étonne.

— C'est déjà pas mal, rétorque l'intéressée, l'air de me reprocher de ne pas mesurer l'étendue des compétences de mon sauveur et son maître.

— Je n'aurai plus mal ?

— Il ne manquerait plus que ça !

— Un traitement à suivre ?

— Rien.

— Sans déconner ?

Elle hausse les épaules.

— Dépêchez-vous de filer avant que je change d'avis et que j'appelle votre mère.

Je ne me fais pas prier.

*

Nous débarquons à trois, place Auguste-Faure, à l'instant précis où les chaînes d'Adélaïde sautent et où Gus apparaît dans les rayons du soleil levant, sur le perron du commissariat. Émoi dans toute la ville, hourras de la foule en liesse, le commissaire divisionnaire, l'œil humide face caméra – ce n'est rien, nous n'avons fait que notre travail !

Gus s'avance, le marcel blanc insolent, la boucle à l'oreille, les flics au cul et la gueule d'un marathonien amorçant le trentième kilomètre.

— Salut à toi, la famille !

— Salut à toi, ô mon frère !

— Salut à toi, le Colombien !

— Salut à toi, le p'tit Français !

— Salut à toi, le libéré !

Nous nous précipitons dans ses bras pour le soulever, le toucher, le palper, l'embrasser, comme s'il revenait d'entre les morts et que nous pensions ne plus jamais le revoir. Séquence émotion. Après cinq jours de vessie ulcérée, j'ai les glandes lacrymales en ébullition. Je pleure, je pleure, et je contamine rapidement tous mes frères et sœur. La rivière charrie des larmes et devient fleuve.

Ma mère est heureuse, ça fait chaud au cœur. Elle tourne de l'œil, pas trop longtemps, elle se raccroche à Charles d'un côté, à Gus de l'autre, et elle me jette un regard noir au passage, en loucedé.

— C'est l'émotion, commente Antoine.

— C'est le jeûne, assure Pacôme.

— Les deux, résume Ferdinand.

— C'est ton histoire de coucherie avec ce flic, murmure Camille, perfide.

Puis viennent les rires et les chants. La joyeuse troupe retourne fêter ça au bar d'en face. Le serveur n'a pas dormi depuis deux jours, mais la clairette de Die et les orangeades sont au frais, c'est la maison qui régale. Gus porte un toast au Fanta. Adélaïde boit de l'eau minérale de Vals et croque à pleines dents dans un kebab-poulet maison. Le barman se mouche bruyamment. Des bénévoles sifflent leur verre, décrochent et enroulent la banderole *Je suis Gus!* avec nostalgie. Le lieutenant Vert-Pêche se faufile dans le bar, m'adresse un clin d'œil et attrape une coupe de clairette de Die. Je lui fais signe de ne pas partir sans moi.

Tout va bien, je me remets à compter. Huit, nous sommes tous là! À la maison, les bêtes, onze. Dans ma tête, la petite voix, douze. Si l'on ajoute Vert-Pêche, le nouveau venu, ça fait treize, comme un vendredi de noces de muguet. Un beau nombre, entier de surcroît. Le déséquilibre parfait. Ça me plaît.

Je rafle une bouteille de jus de pomme et trinque avec mon frère.

— Te voilà libre!

— Ouais.

— Les fils Durieux et Vergne vont payer pour ce qu'ils t'ont fait.

— Bof, je m'en fous.

— Tout de même.

— Je suis sérieux, Rose. L'important, c'est qu'on reconnaisse que je n'ai rien fait. Le reste, c'est pas mon problème. Les cons de cette ville, j'en suis pas responsable. C'est pas moi qui les ai créés.

Il se marre, philosophe. Je ne sais pas quoi répondre. Pas rancunier, Gus. Il est comme Mandela, il est pour la réconciliation et le Grand Pardon. Il a tiré un trait. Il se projette déjà dans l'avenir.

— Tu crois que je peux faire sauter le collège, demain ?

— Aux dernières nouvelles, tu as été exclu.

— Cool !

Il redevient sérieux.

— Il paraît que le lieutenant Personne et toi, vous...

J'acquiesce et place mon index devant mes lèvres.

— Chuuut...

Il se marre à nouveau. Il adore rire, Gus, et son rire, ça vaut tout l'or du monde. Je l'embrasse encore. Camille s'approche en catimini et lui délivre une grande claque sonore dans le dos.

— Alors, le nain, tu reviens à la maison, finalement ?

Je les laisse à leurs effusions fraternelles et retrouve ma mère, de la mayonnaise plein les doigts et les commissures des lèvres. Je l'enlace avec toute l'affection post-opératoire dont je suis capable. Elle sourit, mais reste sur ses gardes.

— Le docteur Fay m'a envoyé un message. Il m'a dit que tout s'était bien passé. Pas de caillot, pas de séquelles, pas de complications.

— La douleur a disparu, c'est un miracle.

— C'est un pro.

J'inspire :

— Je t'aime.

— Moi aussi.

— Sans rancune, alors ?

— Je pardonne, Rose, déclare-t-elle d'un ton solennel, après un regard de biais en direction du lieutenant Personne.

J'attends la suite, qui ne tarde pas :

— Mais je n'oublie pas.

Dixit Petar Popara dit « Blacky », scène finale d'*Underground*, d'Emir Kusturica, son réalisateur favori. Adélaïde et son sens légendaire de l'à-propos. Pathétique. Il était une fois ma mère.

J'expire :

— Tu fais chier, maman !

Dixit Rose Mabille-Pons, vingt et un ans, réglée, libre et (presque) indépendante comme l'Irlande après le traité de Londres, le 6 décembre 1921.

Ma mère se fige.

— Treize, elle dit.

La vache, elle compte, elle aussi – c'est donc d'elle que je tiens cette fichue manie ?

— Treize à table, comme le soir de la Cène.

Elle connaît ses classiques, on l'a forcée à lire la Bible et à communier à la messe de Pâques quand elle était plus jeune. Le baiser de Judas, Jésus et ses douze apôtres, les trois reniements de Pierre, le chant du coq, tout ça.

Pour aujourd'hui, on dira que Jésus, c'est Gus.

Judas, c'est moi, évidemment.

Mais j'embrasse qui, du coup ? La métaphore n'est pas claire. Adélaïde n'est pas toujours brillante. Mais son message est clair : elle me tourne le dos et retourne à son kebab.

Bon, ce ne sera pas une nuit famille, au coin du feu, à se raconter des histoires de policiers et de voleurs. Tant pis.

Je rejoins Vert-Pêche, l'embrasse ostensiblement sur la bouche en lui mettant la main au cul.

— On y va ?

Ce sera une nuit sexe.

Ou câline, le temps que mes voies naturelles se remettent totalement. On n'est pas des bœufs.

29

Mardi, tapis rouge, comme à Cannes. Une ovation digne des plus grandes stars accueille Gus à son arrivée au salon. Toute la clientèle fidèle de Popul'Hair a investi les lieux, sauf Nancy Gouy qui pointe à la concurrence désormais. Qui lui en voudrait ?

Pétulante, Vanessa l'embrasse sur les joues, lui ébouriffe les cheveux et l'assomme de son parfum capiteux.

— Pour toi, coupe gratuite à vie !

Gus rougit. Elle l'embrasse à nouveau, tiens ! – et l'installe au shampoing parce que dire, c'est faire. Odette & Co applaudissent à tout rompre et retournent à leurs séchoirs.

Vanessa roucoule :

— C'est la moindre des choses. Tu as fait le succès de mon établissement.

Je tique. C'est la première fois que je l'entends qualifier son salon d'« établissement ». Je note aussi qu'elle a changé sa garde-robe. Elle affiche un tailleur chic aux couleurs managériales. Comprendre : privé de toute la chatoyante originalité de ses préférences habituelles, dont la gamme est aussi large que les mauvais goûts anglais et hongrois réunis.

Elle me fait signe de la rejoindre, d'un air mystérieux. Docile, je prends place à côté de Gus qui savoure son massage capillaire.

— Quoi ?

— Le concept Coiffure & Culture a séduit mon banquier, annonce-t-elle, une pointe d'excitation dans la voix.

— Aïe.

— Il a trouvé mon chiffre d'affaires de la semaine particulièrement performant. Selon lui, une ère prospère s'ouvre devant nous. Il est prêt à consentir un prêt à un taux défiant toute concurrence. Qu'est-ce que tu en dis, ma belle ?

Je me dis que ça fait beaucoup de gros mots dans une seule phrase.

Je biaise, pour voir :

— C'est-à-dire ?

Elle me fait un clin d'œil des deux yeux – un seul, elle ne sait pas faire, rien de grave, il paraît que c'est génétique, comme se toucher le nez avec la langue ou faire bouger ses oreilles, c'est Gus qui m'a appris ça.

— Je veux ouvrir une chaîne d'établissements.

Deux fois qu'elle utilise ce terme en moins d'une minute. Je commence à m'inquiéter.

— Je suis tout ouïe.

— Voilà, Rose…

Elle déglutit, puis elle s'emballe :

— J'aimerais te proposer le poste de directrice culturelle. T'en dis quoi ?

J'en dis, j'en dis comme tout à l'heure, que trop de grossièretés accolées à ma petite personne, ça fait beaucoup. Mais je vois que c'est important pour elle. Notre amitié est trop belle pour s'abîmer de mensonges, fussent-ils joyeux, comme disait ma grand-mère maternelle, Rose. J'opte pour la sincérité, même si ça pique un peu, des fois.

J'y vais mollo quand même.

— Je suis pour l'artisanat capillo-culturel, tu le sais.

Elle acquiesce nerveusement, sourcils froncés et doigts labourant le crâne de Gus qui ouvre un œil, vaguement inquiet.

— Les flammes de l'industrie, les titres ronflants, les bilans comptables, même littéraires, c'est pas vraiment mon truc.

Les ongles désormais plantés dans le cuir chevelu de mon frère, elle me lance une œillade que j'interprète comme un désespéré : «Tu manques d'ambition, ma petite!»

— Je n'ai pas cette ambition-là, précisé-je.

Elle ne cille plus, Gus est pétrifié. Je la fixe droit dans les yeux en y mettant l'infinie tendresse que j'éprouve pour elle.

— Tu comprends?

Elle hoche la tête, des sanglots gros comme une caisse enregistreuse coincés dans la gorge. Elle comprend.

J'ai gardé le meilleur pour la fin :

— Et je suis amoureuse.

Elle fond, un sourire bourgeonne, puis s'épanouit comme une fleur sur son visage. Elle se détend. Gus reprend son souffle.

Elle chuchote :

— Sans déconner?

— Je crois, ouais.

Elle redevient sérieuse.

— Tu continueras de venir le lundi et le vendredi?

— Si tu continues de ne pas me payer.

— Promis.

— Et pas de directrice Machin-Chose, hein !

— OK.

— Sauf le vendredi qui vient.

— Pourquoi ?

— Mon père passe son oral.

— Tu penses que ça va marcher, cette fois-ci ?

Je souris.

— J'ai pas encore vraiment tranché la question.

Charles, notaire, ça ressemble un peu à une blague. Adélaïde n'est pas très chaude. La bonne nouvelle, c'est que quel que soit le résultat de son examen, le notaire concurrent, Raynaud, lui a proposé de venir travailler chez lui. Associé ou premier clerc. De toute façon, avec Gouy, ça ne pouvait plus le faire. Son fils est mis en examen. Sa blonde terminable rase les murs pour faire ses courses. Il paraît qu'elle parle de divorce et de pension alimentaire depuis que les déboires de sa famille s'affichent au grand jour. Toujours est-il que je serai à Lyon pour soutenir mon père parce que, d'un autre côté, je sais qu'il le mérite. Ce n'est jamais que la deuxième fois qu'il le tente, ce fichu concours. Après celle-là, il lui reste encore un coup à jouer. Je sors bien avec un flic, après tout, Adélaïde peut bien élever une famille avec un notaire !

Je me lève.

— Par contre, je te dois un lundi.

Joignant le geste à la parole, je sors de mon sac *Car*, d'Harry Crews, histoire de changer un peu de registre poétique et de bousculer les vieilles habitudes romantiques des dernières semaines.

Je me tourne vers ces dames et lance :

— Une fable cruelle. Une histoire d'amour tragique. Celle d'un dénommé Herman Mack, fils du propriétaire d'un cimetière de voitures, qui tombe amoureux d'une Ford Maverick 1971 de couleur rouge et qui décide de la manger.

30

Mercredi, RTT et giboulées de mars. Le temps béni de l'amour et de la procrastination. Je m'emploie à ce que le lieutenant Vert-Pêche, qui travaille comme un damné depuis dix jours, jouisse enfin d'un repos bien mérité. Grasse matinée, nudisme d'intérieur et pâtes à même la casserole.

Vers trois heures de l'après-midi, Pacôme me ramène Kill-Bill qui dépérit sans moi et dont le premier réflexe est d'uriner sur la moquette.

Pour marquer son territoire.

Et manifester son angoisse existentielle de bouvier.

Oui, ça angoisse, un bouvier, c'est bien connu. Pourquoi? Parce que l'œuvre de sa vie de chien, c'est rassembler le troupeau. Je m'explique. Vert-Pêche et moi, ça ne fait que deux. Comment regrouper un troupeau de deux? Il n'est pas agrégé de mathématiques, Kill-Bill. Il ne maîtrise ni l'arithmétique, ni l'algèbre, encore moins la règle de trois, mais un plus un, ça fait pas mal moins que douze, faudrait voir à ne pas le prendre pour un caniche! Douze, c'est un troupeau. Douze, ça a de la gueule. Ça évoque le grand air, le vent déferlant sur les pentes herbeuses des alpages helvètes, le chocolat de Neuchâtel, les boucles blondes d'Heidi, l'horlogerie magnifique des meuglements bovins conjuguée aux gongs cadencés des clarines et des toupins. Ses deux mille ans de génétique bouvière ne s'y trompent pas. Mais deux. Deux ! C'est hégélien, comme nombre. Ça ne colle pas. Le bouvier et la dialectique, ça fait trois. La persuasion, ça, oui, c'est sa grande affaire, la rhétorique comme art de bien aboyer pour convaincre les bœufs de rentrer dans l'enclos et pour rabattre un veau isolé. Contrairement à ce que l'on croit, le bouvier n'est pas binaire, comme beaucoup de ses homologues canins, tels que le teckel qui passe ses journées à faire rire les enfants et à creuser ou le labrador qui dort et mitterrande, parfois les deux à la fois. Le bouvier, lui, est spinoziste. Il croit aux déterminismes canins et à la relative liberté du mouton de rejoindre le troupeau, mais jamais, ô grand jamais, il ne cédera à la facilité de la dyade, du binôme, du couple, du duo ou de la paire.

Du coup, Kill-Bill tremble de tous ses membres, la truffe collée au courant d'air de la porte d'entrée, humant les effluves en provenance de la rue, des fois que la famille passerait dans les parages. Peut-être même qu'il renifle leur odeur jusqu'à Douce Plage, va savoir. Paraît qu'une seule trace familière laissée quinze jours plus tôt suffit à un chien pour se repérer. Alors une poignée de kilomètres, pour un dürrbach dont les gènes portent la marque des montagnes suisses, c'est de la rigolade.

Je m'allonge près de lui, je lui raconte des histoires drôles, je lui lis l'intégrale de *Rintintin*, je lui repasse la séquence des spaghettis dans *La Belle et le Clochard*, je lui gratte le ventre à m'en ruiner les ongles, mais rien à faire, il spleene à mort, le clébard. Il boude même la platée de nouilles revenues au gras de canard concoctée par Vert-Pêche.

Jusqu'à ce que ce dernier passe un coup de fil énigmatique à mon frère Antoine, disparaisse tout aussi mystérieusement et débarque, une demi-heure plus tard, le journal, du pain et un poster en quadrichromie de ma famille au grand complet, prise à l'occasion du mariage d'un cousin germain dans le sud de l'Ardèche, qu'il punaise aussi sec sur la porte de la salle de bains. L'idée de génie. Cette fête que lui fait Kill-Bill ! Avant de pisser derechef sur la moquette, de joie cette fois-ci, de régler son sort au kilo de nouilles froides et de se coucher de toute sa masse en travers du couloir, un œil sur la photo, un autre sur nous deux, et le troisième sur la porte d'entrée, au cas où Pacôme viendrait tout de même le récupérer.

Côté justice, l'affaire Gus est reléguée à la rubrique faits divers du quotidien local. Après les perquisitions, les arrestations, les gardes à vue et les révélations en cascade. Félix et Antonin sont deux gamins de Tournon, dont le seul point commun avec Gouy est qu'ils connaissent son fils, lui ont revendu un peu d'herbe et ont roulé une fois avec lui dans la Manta de son père, un week-end où il était en vacances dans son chalet de Megève avec sa mégère de femme. Qui se sont cru plus malins que tout le monde en mettant un ange brun entre eux, pour leur braquage. Des fils de CSP+. Même pas d'extrême droite. À peine délinquants, ou à la petite semaine, pas davantage. Un peu dealers pour les fils et les filles du lycée privé de la ville. Histoire de pimenter la monotonie de leur vie actuelle et future. On appelle ça faire une connerie. Qui dégénère en très grosse connerie. On appelle ça aussi manquer d'imagination. C'est triste, mais joyeusement classique. Leurs parents tombent des nues. Des gosses bien sous tous rapports, leurs fils ne manquaient pourtant de rien, télé dans la chambre, iPhone, cours de piano, résultats scolaires correctement passables, blablabla... Le pire, je crois, c'est qu'ils ne comprennent pas.

À la demande de Gus, mes parents ont retiré leur plainte pour ne pas les charger outre mesure – je le sais par Vert-Pêche. Le sous-préfet a le bras long et les casiers des deux adolescents sont vierges, mais le buraliste, par contre, a la rancœur tenace. Fils de sous-préfet ou pas, il n'entend pas se contenter de la restitution de sa marchandise et des sommes dérobées. Il crie Dommages & Intérêts. Il revendique les séances chez le psy, la mort frôlée, l'image commerçante ternie, la perte nette et brute de chiffre d'affaires pendant son arrêt maladie, l'avenir de ses enfants. Sur dénonciation anonyme, le fisc fourre le nez dans ses comptes et découvre quelques irrégularités. Trois fois rien, une paille, trente-deux mille euros non déclarés sur cinq ans. L'autre hurle au scandale. Pugnace, le commissaire divisionnaire Boyer, qui entend bien garder son poste, lui rappelle aussi qu'il ne possédait pas de permis de port d'arme au moment des faits. C'est ennuyeux. Ça fait tache, un jour de procès.

Les mauvaises langues affirment que le sous-préfet Mauri, ulcéré, a provoqué un rendez-vous discret, dans la nuit de mardi à mercredi, au cours duquel il lui a suggéré un arrangement à l'amiable, entre gentlemen. Le buraliste nie farouchement. Le sous-préfet ne répond pas au téléphone. Mais en début de soirée, mon lieutenant de police, nu comme un ver, le dos tourné à Kill-Bill pour conserver un semblant de virilité, reçoit un coup de fil du commissariat, lui apprenant que le brave commerçant a finalement retiré sa plainte.

Gus négocie toujours un statut spécial de collégien par intérim avec mes parents. Après l'obtention, légitime, d'un arrêt maladie, il réclame à présent une année sabbatique pour cause de choc psychologique et stress post-traumatique – l'idée lui a été soufflée par Ferdinand. Les pourparlers coincent sur sa moyenne en sport. 20/20 en athlétisme, section demi-fond. Gus a un don pour la course à pied. En cinq ans de glandage scolaire absolu, il a rapporté pas moins de dix-sept médailles au collège, dont une douzaine en or. Collège qui fait désormais une remontée spectaculaire dans le classement national et pointe dans le top trente, ce qui n'était pas arrivé depuis les années soixante-dix et la scolarité des frères rugbymen Camberabero. Le principal de l'établissement entend ne pas se laisser déposséder d'un atout pareil dans l'équipe du collège, deux fois championne de France en cross par équipe et qualifiée cette année pour la finale nationale du 800 mètres, du 1 500 mètres et du 3 000 mètres cadets. Du jamais-vu !

La journée tire à sa fin sans que nous voyions le temps passer. Les giboulées cessent de grésiller sur le toit, le mistral tombe, j'ouvre les fenêtres pour goûter à la douceur de la nuit. Une délicieuse odeur de curry remonte du restaurant indien du rez-de-chaussée. Nous laissant un bref répit pour nous occuper de nos propres soucis existentiels.

Rêver, discuter, découvrir de nouveaux territoires charnels et humides.

— On n'est pas bien, là ?

— Ton chien pue.

— C'est le stress. Ça relance la sudation et donc son eczéma. Les bouviers sont des grosses bêtes, mais assez fragiles. C'est l'inconvénient majeur de cette race.

— Charmant…

— À part ça, on est bien, non?

— …

— Quoi encore?

— J'ai l'impression qu'il me surveille.

— Mais non!

— Pour être franc, ça me coupe.

Je vérifie.

— Ah oui, tiens!

Je plonge sous la couette pour y remédier autant que faire se peut. Vert-Pêche glousse d'abord, se raidit ensuite, ramollit enfin. Circonspecte, je passe la tête par-dessus les draps. Kill-Bill s'est assis sur son arrière-train, toutes oreilles dressées, et gronde.

— On devrait peut-être fermer la porte, tu as raison, je dis, conciliante.

Vert-Pêche grimace.

— On peut aussi le ramener chez tes parents, non?

31

Jeudi, Iscariote ascendant Jupiter. Jour de tonnerre et de haute trahison.

Pacôme est venu récupérer le chien, les chats devenaient dépressifs – sales traîtres ! Les cicatrices de Gus s'estompent, sa bonne humeur ne suffit pourtant pas à combler le vide laissé par mon absence. Adélaïde ne m'a toujours pas appelée.

Elle me manque.

Mes frères et sœur me manquent.

Les léchouilles baveuses de Kill-Bill, l'air hautain et méprisant de Thalabert et Gobbo me manquent.

Demain, mon père affronte le grand jury pour son oral notarial. On va se revoir, forcément. Camille et Gus conspirent dans le plus grand secret pour que j'accompagne toute la famille. Charles a loué un minivan. Neuf places. Huit plus un. Plus un coffre de deux cents litres pour la ménagerie à poil. Sa façon à lui de me dire que mon flic de petit ami est également le bienvenu. Rendez-vous à Lyon, dans les couloirs de l'école notariale.

J'appréhende un peu, beaucoup, passionnément, à la

folie, pas du tout. C'est selon. *Œdipe roi* et Sophocle m'emmerdent. Freud m'emmerde. Lacan m'emmerde. Et j'emmerde Françoise Dolto. En termes Mabille, je suis ce qu'on appellerait un cœur d'artichaut lunatique. Savoureuse en vinaigrette à l'intérieur, chiante à éplucher à l'extérieur et versatile. Je n'ai rien contre le conflit mais, pour être honnête, il ne me nourrit pas l'âme.

Vert-Pêche m'a demandé si je voulais qu'il m'accompagne. J'ai refusé tout net.

— Je suis capable de gérer ça toute seule.

32

Vendredi 31 mars, Lyon, couloir des apprentis notaires perdus.

Charles n'a pas dormi de la nuit. Un peu pour son oral, beaucoup pour une idée saugrenue. Dans la voiture, sur l'A7, quelque part entre Vienne et Givors, il a demandé à Adélaïde de l'épouser.

Qui a répondu, sans l'ombre d'une hésitation :

— Ce soir, tu seras peut-être notaire, mon fils sort de taule, ma fille couche avec un flic et notre aîné fait une thèse de doctorat sur un assassin misogyne et mégalo, alors un mariage, même civil, ça risque de faire beaucoup, non ?

— Et le sentiment, Adélaïde, qu'est-ce que tu fais du sentiment ?

— Je le préserve.

Mon père a piqué un fard et a ruminé tout le reste du trajet les articles 237 et 238 du code civil, relatifs au « divorce pour altération définitive du lien conjugal ». Il a manqué deux fois la sortie d'autoroute pour Lyon-Centre, s'est perdu dans le quartier de la Part-Dieu et a arraché le rétroviseur droit en se garant. Cinq cafés plus tard, il nous embrassait toutes et tous et disparaissait derrière une porte d'au moins quatre mètres de haut, entre deux sinistres joufflus en costume d'époque napoléonienne.

La tension est à son comble.

Kill-Bill mâchouille sa muselière. Les chats hululent dans leur cage. Mon père planche sur le droit patrimonial de la famille dans la salle d'oral depuis dix minutes. Adélaïde feuillette un *Figaro Madame* abandonné par le candidat précédent. Camille révise Ionesco mais redoute la rhinocérite. Mes frères entament la deuxième manche d'une partie de belote coinchée. Pacôme compte les cartes. Ferdinand triche. Gus rigole parce qu'il vient de découvrir que la fonction « pisser » n'était pas qu'une fonction naturelle aux cartes. Antoine stresse, d'une part à cause du carré d'as et des trois sept qui composent son jeu, d'autre part parce que Gus est son partenaire.

Et moi ?

Je guette le moment opportun d'une discussion franche avec ma mère.

Il se présente un instant plus tard quand elle froisse son magazine, l'envoie valser sur le banc et croise mon regard.

— Maman, il faut qu'on parle.

— Encore ?

Je ravale ma fierté déplacée.

— Je ne veux pas qu'on s'engueule.

— Je préfère ça à un malentendu.

— Et le bonheur de ta fille, dans tout ça ?

Elle hausse les épaules et lève les yeux aux dorures républicaines du plafond.

— Tout de suite les grands mots !

Je sens qu'on se dirige droit vers une impasse. J'ouvre la bouche pour les employer, les grands mots, mais Pacôme me prend de vitesse.

— Ce que Rose essaie de te dire, maman, c'est qu'elle est tombée amoureuse.

— D'un flic plutôt sympa, ajoute Gus.

— Avec un nom de famille plutôt stupide, note Ferdinand.

— Mais un joli petit cul, précise Camille.

Je corrige, faussement choquée par les propos de ma sœur :

— Et surtout de très beaux yeux verts, avec des nuances vermillon et fruitées.

— C'est vrai, concède Camille.

— C'est rare, dit Pacôme.

— C'est même du jamais-vu, relance Gus, histoire de dire quelque chose.

— Ouais, bon, faut pas exagérer, nuance Ferdinand.

Adélaïde intervient, sèchement :

— Mais flic.

— Mais plutôt sympa, répète Gus.

L'air de le trouver plutôt sympa, pour un flic. De là à dire qu'il a préféré ses quarante-huit heures de garde à vue avec Richard Personne à ses trois jours de séquestration avec les fils Durieux et Vergne…

— Mais flic, surenchérit Adélaïde, provoquant un tollé.

— On le saura! s'énerve Camille.

— Elle radote ou c'est moi? demande Pacôme.

— C'est toi, infirme Ferdinand. Techniquement, elle ne radote pas du tout. Elle se mêle de ce qui ne la regarde pas et porte un jugement de valeur dépréciateur sur les capacités de sa fille à réconcilier cet homme avec lui-même et à le remettre dans le droit chemin.

— C'est pas faux, confirme Gus.

— À moins que maman fantasme sur le lieutenant Personne et qu'elle jalouse inconsciemment sa fille de l'avoir réalisé, suggère Camille.

Je manque de m'étrangler. Pacôme opine du chef, dubitatif.

— Tu veux dire, comme dans *Le Lauréat* avec Dustin Hoffman ?

— Ouais, carrément !

— Nooon !

— Et pourquoi pas ?

— Ça s'est déjà vu.

Ferdinand fait remarquer qu'à la fin du film, malgré les tentatives désespérées de la mère pour saboter leur amour, Benjamin Braddock et Elaine Robinson fuient ensemble.

— Elaine, c'est la fille ?

— Oui.

— La mère est jouée par la sublime Anne Bancroft, dit Ferdinand. Elle ne porte pas de prénom. C'est juste *madame* Robinson.

— C'est un film sur le puritanisme et la libération sexuelle de l'Amérique des années soixante. La différence d'âge entre madame Robinson et Benjamin a profondément choqué au moment de la sortie du film.

Je proteste avec énergie :

— Je ne suis pas d'accord. L'histoire est provocante parce qu'elle dépeint une relation purement sexuelle et sans aucun sentiment. Le point d'orgue du film, ce sont les plans sublimaux des seins et du ventre de madame Robinson, dans la scène où elle surprend Benjamin.

Ferdinand secoue la tête, d'un air désabusé.

— Vous n'y êtes pas. Tout ça est purement anecdotique. La force du film tient dans la manière dont Mike Nichols, le réalisateur, replace les trajectoires individuelles dans les rapports de production : choix de carrière imposé pour Benjamin, domination masculine pour la fille, qui se voit imposer un mariage dont elle ne veut pas, carcans sociaux, aliénation par les études et le travail... La relation presque imposée de Benjamin avec madame Robinson symbolise à elle seule la violence intrinsèque du contrôle social capitaliste.

Adélaïde s'écrie :

— Je peux en placer une ?

— Je suis d'accord, fait Gus qui a lâché la conversation au moment où j'ai prononcé le mot *seins*.

Camille soupire.

— Bon, on reprend la partie ? dit Antoine.

Gus s'aperçoit qu'il lui manque une carte. Ferdinand et Pacôme qu'ils ont mélangé les leurs en discutant. Excédé, Antoine balance ses cartes en l'air :

— Vous faites tous chier ! J'avais un carré d'as, merde !

Adélaïde se tourne vers moi.

— Réponds-moi franchement, tu trouves que j'agis comme madame Robinson dans *Le Lauréat* ?

J'hésite à enfoncer le clou. Je ris.

— Bien sûr que non, maman.

Elle rit à son tour et se jette dans mes bras. Fin des hostilités. Ma poitrine s'allège d'un poids d'une tonne. Camille me fait un clin d'œil par-dessus l'épaule de ma mère. Mes frères se tapent dans les mains. La porte de la salle d'examen s'ouvre en grinçant sur mon père, décomposé. Adélaïde s'élance à sa rencontre.

— Alors?

— Ils m'ont mis 4 / 20!

— Seulement?

Pacôme me chuchote à l'oreille qu'avec son 15 à l'écrit, ça donne : quinze plus quatre divisés par deux font presque dix, mais pas tout à fait quand même. Ce qui est malheureux mais mathématiquement imparable.

— J'ai tout raté! s'effondre Charles, en larmes.

Adélaïde est aux anges.

— Ah les salauds!

33

Trois heures plus tard, je tire la couette sur ma poitrine, en sueur, et me love contre la cuisse de Vert-Pêche.

— Je suis enceinte.

— Quoi?

— Non, je déconne!

J'éclate de rire.

— Je crois que j'ai réussi à te mettre mal à l'aise.

Il reprend son souffle.

— Pas du tout, proteste-t-il avec une mollesse post-coïtale toute relative.

J'hésite à poursuivre dans cette voie, malgré une certaine propension naturelle à la raillerie. Et en dépit de la curiosité anthropologique que m'évoque la perspective d'un croisement culturel entre la fille d'une infirmière anarchiste et un officier de police judiciaire. La pudeur maladive que j'ai héritée d'un grand-oncle ecclésiaste m'empêche toutefois de livrer sur ce futon de débauche et de stupre ce que m'évoquent, à la fois, la troublante perspective de me tenir allongée à proximité du nombril masculin, et l'idée, aussi poétique que proprement priapique, des joies de l'amour rural ardéchois, des sirènes de police, des bottes de foin, de la moiteur estivale et des fesses merveilleusement bien dessinées et rebondies du lieutenant Richard Personne.

Je me contente donc d'ajouter :

— Bon, on l'écrit quand, ta lettre de démission ?

Remerciements

Merci à l'urologue landais, aux grévistes dacquois de l'hôpital public, à Julie Aubert de Mahina et à l'infirmière polynésienne du dispensaire de Ua-Pou qui, en plus de m'avoir sauvé le rein droit, m'ont donné l'impulsion première pour écrire ce livre. À Cécile Maugis et toute l'équipe des Nuits Noires d'Aubusson pour l'oulipisme décadent, libérateur et jouissif de leurs *Presque Papous*. À Nicolas Mathieu pour son *tartuffe hirsute* et son *banquier raëlien*. À Dominique qui est l'un des rares à avoir décelé les traces d'humour distillées dans mes romans *Au fer rouge* et *En douce*. À Thierry Jallet, pour la saveur de ses mots. À Pascal Dessaint et Jean-Hugues Oppel – onze ans, déjà! *Koutau nui* à Moana, tatoueur à Nuku-Hiva, et au talentueux Hiku de Ua-Pou, pour leur art du *Te Patutiki* et pour l'autodérision. À la famille Raza pour le soutien running post-opératoire indispensable. À Stéfanie Delestré pour y avoir cru dès le début, il y aura bientôt dix ans. À Hervé Delouche. À François Guillemot et au Bérurier Noir. Un merci éternel à la smala et aux smalas de la smala pour leur rage. À Amin et Luna pour leur joie de vivre qui me transporte chaque jour. Merci à Luz, enfin, pour la folie douce et nécessaire.

DU MÊME AUTEUR

ILS ONT VOULU NOUS CIVILISER, Flammarion, 2017.

GASOIL, In8, «Autour de minuit», 2017.

EN DOUCE (Prix Transfuge 2016, Prix Mezeray 2016), Ombres Noires, 2016.

AU FER ROUGE, Ombres Noires, 2015.

L'HOMME QUI A VU L'HOMME (Prix Amila-Meckert 2014), Ombres Noires, 2014.

COMME UN CRABE, DE CÔTÉ, Les Petits Polars du Monde, 2014.

NO MORE NATALIE, In8, «Polaroïd», 2013.

QUE TA VOLONTÉ SOIT FAITE, Les Petits Polars du Monde, 2013.

LA VIE MARCHANDISE (essai), coécrit avec Bernard Floris, La Tengo, 2013.

DANS LE VENTRE DES MÈRES (Prix virtuel du polar 2013), Ombres Noires, 2012.

LES VISAGES ÉCRASÉS (Trophées 813 du meilleur roman francophone 2011; Grand Prix du roman noir 2012 du Festival international du film policier de Beaune; Prix des lecteurs du Festival de Polar de Villeneuve-lès-Avignon), Le Seuil, «Roman noir», 2011.

ZONE EST, Fleuve Noir, «Thriller», 2011.

FRACTALE (France Culture, 2010), La Tengo, «Pièces à conviction», 2011.

LA GUERRE DES VANITÉS (Prix Mystère de la critique 2011), Gallimard, Série Noire, 2010.

PENDANT QU'ILS COMPTENT LES MORTS (essai), coécrit avec Brigitte Font le Bret et Bernard Floris, La Tengo, 2010.

UN SINGE EN ISÈRE, Baleine, «Le Poulpe», 2010.

LE CINQUIÈME CLANDESTIN, La Tengo, «Mona Cabriole», 2009.

MARKETING VIRAL, Au Diable Vauvert, 2008.

MODUS OPERANDI (Prix Plume Libre 2008), Au Diable Vauvert, 2007.

Jeunesse

UN ROYAUME POUR DEUX, Syros, «Souris Noire», 2017.

LUZ, Syros, «Rat Noir», 2012.

INTERCEPTION (Prix Cognac 2013), Rageot, 2012.

UN CRI DANS LA FORÊT (1re édition : 2010), Syros, «Souris Noire», 2012.

LIQUIDATION TOTALE (roman-jeu), sous le pseudonyme d'Erik Vance, Solar, 2011.

Composition : APS-Chromostyle.
Achevé d'imprimer
sur Roto-Page
par l'Imprimerie Floch
à Mayenne, le 13 avril 2018.
Dépôt légal : avril 2018.
Numéro d'imprimeur : 92592.

ISBN 978-2-07-277664-9 / Imprimé en France.

330407